길 잃은 강아지

Hunden

길 잃은 강아지

케르스틴 에크만 지음 | 함연진 옮김

Hunden

열아홉

이야기는 언제 시작하는 것일까? 그 앞에는 항상 다른 시작이 있기 마련이다. 똑똑 떨어진 물방울이 작은 개울이 되고, 작은 개울이 시냇물을 이루고, 빗물이 습지의 수위를 상승시키던 어느 날처럼 말이다.

이야기가 시작하기 좋은 곳은 어디일까? 아마도 가문비나무 뿌리 아래일지 모른다. 잿빛 털의 작은 녀석이 온 몸을 웅크린 채 꼬리에 주둥이를 틀어박고 있었다. 뿌리 틈새를 비집고 들어간 작은 강아지였다. 나무뿌리는 거칠거칠한 갈색 팔로 강아지를 감싸주었지만, 따뜻하게 해주지는 못했다. 강아지는 이야기의 시작도 까마득히 모르고 있었다.

한겨울 가문비나무는 폭이 풍성한 치마 모양을 하고 있다. 나뭇가지의 밑단까지 눈이 깊게 쌓였기 때문이다. 혹여 모진 바람이 불어 닥치기라도 하면, 나무 아래로 눈이 움푹 패여 굴이 생기기도 했다. 뇌조들은 가문비나무의 치맛자락에 숨었지만, 절대로 뿌리 근처로는 가지 않았다. 그곳은 여우가 사나운 바람을 피하는 은신처이기 때문이다. 여우는 몸을 옹송그려 말고는 밤이 어둑히 내려 눈 위로 살얼음을 얼어주기를 기다린다.

강아지에게 남은 온기라고는 그의 체온뿐이었다. 그의 뱃속은 텅 비어있었다. 따스한 엄마 젖을 빨았던 기억마저 까마득했다. 얇고 하얀 털로 뒤덮인 엄마의 배를 기억할 수조차 없었던 것이다. 젖을 먹일 때 어슴푸레 빛나던 엄마의 노란색 눈동자도 모두 잊었다. 오직 커다랗고 빈 구멍만이 마음속에 자리할 뿐이었다. 그저 따뜻함과 포근함, 입 안을 채우던 쌉쌀한 달콤함, 밖에서 낯선 냄새를 털에 묻히고 돌아온 엄마가 그의 꾀죄죄한 목덜미를 물고 입 귀퉁이를 핥아주던 순간순간에 굶주려 있었다.

강아지는 어떻게 가문비나무 아래까지 오게 된 것일까? 그는 기억하지 못했다. 그러므로 그 이야기를 전해

줄 수도 없었다.

●

한 사내가 자신의 눈썰매 차를 타고 꽁꽁 얼어붙은 호숫가로 향했다. 낚시를 하러 가는 길이었다. 어미 개는 사내가 벽에 걸려있던 녹색 외투를 집어 드는 것을 보고 주인이 사냥을 나가려는 것으로 짐작했다. 하지만 사냥을 나가기에 알맞은 때는 아니었다. 3월이었다. 풍겨오는 냄새를 통해 직감적으로 알 수 있었다. 어미 개는 집 앞 계단 입구에서 귀를 쫑긋 세우고 가만히 앉았다. 장작을 쌓아둔 헛간 뒤편에서 눈썰매 차가 모습을 드러냈다. 순간, 어미 개는 자신이 소총의 개머리판을 보았다고 생각했다. 하지만 눈이 침침해 분명히 알 수는 없었다. 사내가 가방에 끈으로 묶었던 것은 다름 아닌 아이스 드릴이었다. 사내는 어미 개를 부르지 않았다. 무얼 하러 가는지에 대해서도 아무런 신호를 주지 않아서 어미 개는 녹색 외투와 소총의 개머리판을 보며 짐작할 뿐이었다. 사내 곁에 귀를 젖히고 꼿꼿이 앉은 사이, 눈썰매 차가 소나무들 사이로 사라져갔다. 사냥이다! 어미 개는 있는 힘을 다해 내달리기 시작했다. 새끼 한 마리가 어미 개의 뒤를 쫓아갔다.

눈썰매 차가 지나간 자리는 거칠고 너른 길이었다. 강아지는 휘발유와 기름 냄새, 그리고 어미의 냄새를 맡았다. 그리고는 짧은 다리로 미친 듯이 빠르게 뛰었다. 하지만 엔진 소리만 희미하게 들릴 뿐, 어미 개는 시야에서 사라지고 없었다. 숲속에는 정적만이 남아있었다. 강아지는 호수로 이어지는 길고 하얀 눈길 위에 홀로 앉아있었다.

썰매는 호수 한가운데를 가로질러 여름 목초지 옆에서 멈췄다. 사내는 작은 오두막으로 올라가 이상이 없는지 확인하고 다시 호수로 내려왔다. 그는 시동을 멈추는 순간까지도 자신을 따라오는 어미 개를 알아차리지 못했다. 이윽고 사내가 어미 개를 발견했을 때, 어미 개는 배를 땅에 늘어뜨리며 지친 걸음으로 다가왔다.

바보 녀석, 내가 사냥 가는 줄 알았나보구나!

사내는 깨끗한 얼음 위에 드릴로 낚시 구멍을 내고 낚싯줄을 적당한 높이로 내려뜨렸다. 살이 에일 것 같은 추위였다. 안개마저 너무 짙은 나머지 산꼭대기가 보이지 않았다. 어미는 누런 눈을 가늘게 뜬 채 주인 곁에 앉아 있었다. 어미 개는 순간 새끼의 냄새를 맡았고, 낚시 구멍 주위를 돌며 새끼를 마냥 기다렸다. 입질은 오지 않았다. 차고 검푸른 물방울이 층층이 얼어 낚싯줄에 겹겹이 맺혀 있었다.

눈보라가 잿빛 소용돌이를 일으키며 호숫가를 지나쳤다. 어미 개는 코를 훌쩍였다. 이윽고 사내가 말했다.

집으로 돌아가는 게 낫겠어.

사내는 어미 개가 따라잡을 수 있을 만큼 천천히 눈썰
매 차를 몰았다. 이번에는 왔던 길과는 다른 길로 커다
란 포물선을 그리며 향했다.

사내가 집으로 돌아오자, 아내는 스웨터 소매를 올려
붙인 채 집 앞 계단에 서 있었다. 마침 폭설과 강한 서풍
이 노르웨이 산맥을 따라 불던 때였다. 아내는 새끼 강
아지들 중 한 마리가 사라졌다고 말했다. 짙은 잿빛 털
을 가진 강아지였다.

두 사람은 흩날리는 눈발 속에서 온종일 새끼를 찾아
헤맸다. 어미 개를 데리고 냄새를 쫓으려 했지만, 소용
이 없었다. 도무지 눈이 그치지 않았기 때문이다. 저녁
무렵이 되자 눈은 폭설로 변해버렸다. 아내는 울면서 이
제 잃어버린 강아지를 영영 찾을 수 없을 것이라고, 지
금쯤이면 이미 얼어 죽어 있을 거라고 말했다.

●

서쪽에서 불어온 잿빛 폭풍우가 호수와 숲 전체를 한 바탕 빗질하듯 쓸고 지나갔다. 스키 자국과 눈썰매 차가 지나간 자리는 물론, 짐승이나 새의 인기척도, 낚시 구멍 주변의 담배 뭉치도, 미끼와 핏자국도 모두 사라지고 없었다. 모든 것은 다시 태어난 듯 새하얗고 부드러웠다.

폭풍우가 지나간 아침, 날은 말끔히 개어 있었다. 전날 사내가 눈썰매 차를 몰았던 흔적도 모두 지워져 버렸다. 아침햇살이 조금씩 번지며 하늘을 초록빛으로 물들이자 언덕 위로 떠올랐던 희미한 달빛이 이내 저물어갔다. 달은 이내 허약하고 보잘것없어 보였다.

가문비나무 아래 굴속에서 검은 뇌조 한 마리가 날아올랐다. 눈발이 날개 주위로 소용돌이치며 흩날렸다. 뇌조는 자작나무 꼭대기에 자리를 잡았다. 연이어 다른 뇌조들이 곁으로 날아와 새까만 열매처럼 모여 앉았다. 어찌나 무거웠는지 나뭇가지가 아래로 쳐질 정도였다. 새들은 나무의 새순을 쪼아 먹기 시작했다.

강아지는 가문비나무 아래에서 잠이 깨었다. 몸은 찌뿌둥했고 목에서는 타는 듯한 갈증이 느껴졌다. 그는 밖으로 기어 나와 이제 막 내리기 시작한 눈을 향해 코를 치켜들고는 벌름거렸다. 희미하게 내리쬐던 한 줄기 빛이 눈부셨다. 강아지는 자작나무에 앉은 뇌조 떼를 보았지만 그것들이 무엇인지, 심지어 얼마나 위험한지 전혀 알지 못했다. 하얀 눈 속에서 녀석들의 까만 머리만이 유일하게 움직였다. 강아지는 낮은 걸음으로 구멍 안으로 들어가 눈을 먹어 치웠다. 하지만 눈은 그를 더욱 배고프게 할 뿐이었다. 급기야 배까지 아파오기 시작했다. 강아지는 낑낑거렸다. 사방이 고요했다. 리놀륨 마룻바닥을 지나가는 발소리도, 장화 신은 걸음 소리도, 기억 속에 희미한 그 어떤 목소리도 들리지 않았다.

강아지는 다시 잠을 청해 보았지만, 아직도 배앓이 때문에 애처롭게 흐느끼고 있었다. 다시 잠에서 깨었을 때 그는 눈도, 추위도, 바람도 아닌 다른 무언가의 냄새를 맡았다. 땅을 마구 파헤쳐 솔잎과 흙을 헤집어낸 뒤에야 마침내 그 냄새를 찾아냈다. 그렇게 한참 동안 시간을 보내고 나자, 이윽고 해가 떠올랐다. 두 덩이의 여우 똥과 서너 개의 링고베리를 먹어 치웠던 목초지 오두막의 살얼음 낀 창문으로 햇빛이 스며들고 있었다.

강아지가 다시금 잠에서 깨었을 때, 뇌조들은 이미 사라지고 없었다. 햇볕이 눈 위를 환하게 비추자 그는 힘겹게 눈을 떴다. 그리고는 눈을 감은 채 약간의 얼음을 핥아먹었다. 얼음은 그의 입안에서 빠르게 녹았다. 녹아내린 얼음물이 목구멍을 타고 미끄러져 내려가자, 곧 그의 몸이 얼어붙기 시작했다. 아직은 솜털에 불과한 그의 외피마저 얼음물에 흠뻑 젖고 있었다.

●

까치 한 마리가 퍼뜩 날아와 강아지의 시야에서 멀지 않은 곳에 자리를 잡았다. 까치가 재잘대며 나무를 쪼아대는 소리가 들려왔다. 강아지는 그 소리를 기억했다.

영리한 그 새가 밥그릇 근처까지 날아와 재잘대면 어미가 으르렁거리곤 했기 때문이다. 꽤 오랫동안 들려오는 날카로운 울음소리에 강아지는 어미와 밥그릇을 떠올렸다. 강아지는 집으로 돌아가고 싶은 마음이 간절했다. 하지만 젖은 눈 위에서 몸을 움직이기가 무섭게 눈 속에 빠져 버둥거릴 뿐이었다. 모든 것은 그저 축축한 잿빛이었다. 강아지는 너무도 지친 나머지 돌아누운 채 새소리를 들으며 오래도록 눈 속에 파묻혀있었다. 곧이어 모든 것이 희미해졌다. 아직 털도 나지 않은 뱃가죽이 차가운 눈에 닿았을 때, 추위가 엄습해왔다. 그는 다리가 아팠지만, 가까스로 겨우 몸을 돌려 가문비나무 구멍으로 향했다.

  강아지는 곧 잠이 들었다. 해가 하늘 중천에 떠 있을 때조차 햇살은 그가 누워있는 가문비나무 뿌리까지 한순간도 닿지 않았다. 이곳은 북쪽 산비탈 숲의 오르막께로, 여름 목초지 뒤에 숲이 우거진 곳이었다. 털가죽이 축축하게 젖어 엉겨 붙은 강아지는 스스로 온기를 끌어내기 위해 애썼다. 코와 주둥이를 엉덩이 아래로 밀어 넣어 보았다. 그의 심장은 새의 날갯짓처럼 퍼덕였다. 고소한 젖 냄새, 거친 혓바닥, 따뜻한 털을 간절히 갈망하는 동안 걷잡을 수 없이 뛰고 있었다.

하지만 풀밭에서 그는 혼자가 아니었다. 다람쥐 한 마리가 종종걸음으로 다가오더니 발톱으로 가문비나무의 나무껍질을 달그락거리며 긁어댔던 것이다. 눈이 푸른빛을 띠는 차가운 날이었다. 뇌조들은 땅거미 속에 들어앉아 자작나무 잎눈으로 배를 채우며 푸른 응달 속에 웅크리고 있던 배고픔과 밤, 그리고 한기를 피하려 애썼다. 강아지는 햇볕을 쐬며 보냈던 오후 내내 커다란 박새의 쨱쨱거림과 소란스러움, 그리고 눈이 녹아내려 방울방울 흐르는 소리를 들었다. 이제 날은 더 얼어붙어, 박새도 울음을 그치고 통나무집 처마 밑으로 살금살금 기어들어 갔다. 박새 떼는 서로를 감싸주며 밤을 보냈다. 새들은 모든 틈새와 굴속에서, 둥지와 나무뿌리 아래에서 잠을 잤다. 심장을 콩닥콩닥 뛰게 하는 추운 밤

이었다. 강아지는 무기력한 추위 속으로 더욱 깊이 빠져
들었다.

●

　귀청을 찢는 날카로운 까치 울음소리가 자작나무 꼭
대기에서 몇 번이고 들려왔다. 목초지 근처의 숲은 까치
들로 가득했다. 꼭대기에 앉은 새는 마치 모든 새들이
자기가 이곳에 앉아 세상을 내려다보는 것을 알기라도
해야 하는 것처럼 울어댔다. 이윽고 까치 울음소리는 눈
더미에 파묻힌 가문비나무 아래서 곤히 잠든 강아지에
게까지 들렸다. 그리고는 고맙게도, 위험한 잠에 빠져있
던 강아지를 흔들어 깨웠다.

　강아지는 뒤척이다 눈을 조금 집어 먹었다. 눈은 딱딱
했다. 고개를 들어 올려다보니 굴 틈 사이로 까치의 하
얀 가슴팍이 보였다. 시퍼렇고 까만 꽁지가 희미하게 빛
나고 있었다. 조금 전 먹었던 눈이 오히려 허기를 부채

질하는 바람에, 그는 이제 엉금엉금 기어 나왔다. 까치는 울음을 그치고 까맣게 호를 그리며 날아가더니 이내 환한 숲 너머로 사라졌다.

다른 때와는 사뭇 다른 아침이었다. 바람에 실려 오는 냄새도 없었다. 자작나무 가지에 길고 뻣뻣한 고드름이 맺혀있었다. 호숫가에서 불어오는 가벼운 산들바람이 고드름을 건드리며 지나가자 차임벨 소리가 울려 퍼졌다. 자작나무 곁을 지나갈 무렵, 강아지의 부드러운 발바닥이 그만 얼음 조각에 베이고 말았다. 그는 얼어붙은 눈 바닥에 네 발로 서서 커다란 개 마냥 어설픈 보폭으로 발을 뗐다. 어제만 해도 눈은 물컹거렸다. 걸을 때마다 눈이 무너져 내리는 바람에 움푹 꺼진 구덩이 속으로 몇 번이나 빠지곤 했다. 하지만 오늘은 똑바로 서 있을 수 있었다. 강아지는 이제 제법 균형을 잡으며 흔들흔들 앞으로 나아갔다. 그러다 종종 멈추어 서서 얼음 바닥을 핥았다.

그날 아침, 강아지는 배고픔에 등 떠밀려 꽤 멀리까지 걸어 나왔다. 커다란 눈보라가 몰아쳐 오고 있었다. 그는 천천히 언덕을 오르며, 숨이 차면 얼음 위에서 쉬곤 했다. 오두막에 다다라서는 물끄러미 문을 바라보았다. 낑낑거리고 큰 소리로 짖어보아도 아무런 인기척이 없었다. 문을 등지고 동그랗게 몸을 말고 누워 잠들지 않으려 애쓰며 코를 훌쩍이는 순간, 그는 냄새를 잡아챘다. 곧이어 하얀 무언가가 벌목지에 갓 심어진 소나무 숲 사이를 가로지르며 튀어 올랐다. 그것은 토끼였다. 하지만 영문을 모르는 강아지는 꼿꼿이 등을 세우고는 산비탈을 뛰어 내려가기 시작했다. 먹을 것이라도 있을지 모른다.

키 작은 소나무들 사이로 아직 톡 쏘는 냄새가 남아 있었지만, 산토끼는 이미 사라진 지 오래였다. 강아지는 따끈따끈한 토끼 똥 알갱이 몇 알을 게걸스럽게 먹어 치웠다. 몸을 움직여 토끼 똥이 좀 더 있는지 찾아보려는데 갑자기 어떤 소리가 들려왔다. 그것은 강렬하고 단순한

하나의 음절을 반복하고 있었다.

소리가 이끄는 곳으로 달려가다 보니 마침내 습지였
다. 강아지는 얼음에 배를 납작 엎드린 채, 가만히 귀를
기울여보았다. 그것은 야단치는 소리처럼 들렸다. 나무
위를 올려다보니 드넓게 펼쳐진 검은 날개가 보였다. 마
음속 깊은 곳에서부터 위험을 울리는 형상이었다. 그는
본능적으로 작은 소나무 뒤에 몸을 숨겼지만, 드문드문
심어진 자작나무 사이로 까마귀의 실루엣이 훤히 보였
다. 갑자기 더 시커먼 새들이 몰려와 원을 그리며 맴돌기
시작했다. 다행히 그들은 강아지를 그대로 내버려 두었
다. 까마귀들은 마치 광활한 얼음으로 뒤덮인 백색의 공
간에서 보이지 않는 무언가를 찾고 있는 듯했다.

바닥은 강아지의 몸무게를 감내할 수 있을 만큼 제법
단단하게 얼어있었다. 강아지는 까마귀들을 경계하며 발
소리를 내지 않고 얼음 위를 가로질러 갔다. 만일 새들이
급강하한다면 바닥에 납작 엎드릴 태세였다. 불안감이
엄습한 와중에도 그의 코는 강한 냄새를 잡아챘다. 그 냄

새는 눈 속에서 나고 있었다. 순간 강아지는 앞발로 눈을 파헤치고는 무작정 코를 처박았다. 날카로운 얼음을 주둥이로 부수고 나자, 황홀한 냄새가 올라왔다.

여전히 날은 어둑하고 발걸음은 무거웠지만 강아지는 전날처럼 눈 속으로 빠지지는 않았다. 그는 머리와 앞발을 구멍에 깊숙이 밀어 넣은 채, 폭풍우가 몰고 온 눈 더미를 파헤치기 시작했다. 예기치 않은 선물이 있을지 모르는 일이었다. 비록 누군가 먹다 남긴 작은 부스러기였을지언정. 그는 깊이 파 내려가기 시작했다. 그리고는 뻣뻣한 털이 얼어붙은 꺼칠꺼칠한 가죽 옆구리에 하얀 이빨을 들이박았다. 먹이였다!

까마귀들이 큰 소리로 호되게 울어댔다. 엉뚱하게도 웬 강아지가 여태껏 폭풍우에 내내 숨겨져 있던 먹이를 앞발로 움켜쥐고 있는 것을 본 것이다. 까마귀들은 더 가까이 둥글게 모여들었다. 강아지는 그들의 먹잇감은 아니었다. 하지만 까마귀들이 너무 가까이 다가오자, 으르렁거리기 시작했다. 몸을 활처럼 구부린 맹렬한 자세로, 커다랗게 얼어붙은 먹이 더미를 감싸 안았다. 까마귀들은 하얗게 빛나는 그것이 새끼 강아지의 이빨인 줄은 차마 알지 못했다.

태어나서 여든네 번째 맞이하는 아침 해가 떠올랐다. 혹시라도 습지에서 무스의 시체를 발견하지 못했더라면 여기서 하루를 더 버텨낼 수 없었을지도 모른다. 그 누구도 토끼 똥만으로는 오래 버틸 수 없지 않겠는가.

밤은 몹시도 추웠다. 강아지는 먹잇감에서 최대한 가깝게 피난처를 마련해 보려고 애를 썼지만, 습지에서는 마땅한 곳을 찾을 수 없었다. 핏자국과 털로 얼룩져있는 자리를 보았던 것이다. 새벽녘의 까마귀 울음소리가 들려오기 무섭게 그는 은신처를 빠져나왔다. 거대한 가문비나무의 안전한 치마폭을 향해 남쪽 비탈을 내려갔다.

●

아침이 되자 어린 자작나무와 소나무들이 하얀 서리로 뒤덮였다. 먹이가 있는 곳까지 향하는 길은 전부 얼어있었다. 까마귀들이 둥글게 맴돌았고, 날개를 펄럭이며 섬뜩한 소리로 울어대고 있었다. 며칠 전에만 해도 강아지는 그들을 향한 두려움으로 몸을 움츠렸다. 하지만 그는 지난밤을 따뜻하게 보냈고, 이제 배도 제법 동그랗게 차올랐다. 그는 온종일 성난 모습을 보여 주기도 했다. 주둥이를 몸 안으로 밀어 넣어 몸을 똘똘 말고 있노라면, 안에서 타오르는 생명의 불꽃을 간직할 수 있었다.

아침마다 허기가 찾아왔지만 그렇다고 녹초가 되지는 않았다. 시끄러운 새소리에 잠에서 반쯤 깨어났을 때, 까마귀들이 눈에 앉아 그의 먹이를 헤집어놓는 것을 보자 그의 분노도 깨어났다. 채 몇 번의 아침을 보내지 않고도 그는 자신이 다가가면 새들이 날아오른다는 사실을 깨달았다. 새들을 덮치기 전 그는 딱딱한 눈 얼음 층에 오줌을 갈기며, 암컷처럼 몸을 웅크린 채, 부리가 커다란 검은 무리의 도둑 떼를 노려보았다.

태양이 조금 더 높이 떠오르자 나무 위의 얼음이 녹아 방울방울 떨어져 내렸다. 한낮에 이르자 개울물이 흐르고 해는 쨍쨍 내리쬐었다. 햇볕을 받은 등은 따스했다. 강아지는 볼록 나온 배를 안고 쉬어갈 곳이 필요했다. 그는 볕이 들어앉은 가문비나무에 기대어 누웠다. 바로 옆에서 지저귀는 새소리가 들려오는 와중에도 그는 무엇인지 모를 따스함과 어질어질한 포만감에 슬며시 눈을 감았다. 햇볕이 주는 위로 속에서 곤히 잠을 자다가, 솔방울이 떨어지거나 나뭇가지가 꺾여 부러지는 소리가 날 때면 한쪽 눈을 잠깐씩 뜨고 물끄러미 바라보았다. 한낮에 숲에서 나는 소리라고는 별것이 없었다. 박새가 부드럽게 짹짹거리는 소리나 가문비나무 위에서 북방쇠박새가 끊임없이 움직거리는 정도였다. 졸졸거리는 물소리와 나뭇가지에서 뚝뚝 물방울이 떨어지는 소리에 강아지는 나른함을 느꼈다.

짙푸른 땅거미가 몰려오자, 추위가 살금살금 다가왔다. 강아지는 또다시 허기를 느꼈다. 그의 잇몸은 새로 나기 시작한 이빨들로 인해 피가 나고 있었다. 눈 위에서는 새 얼음이 층을 만들고, 밤이 되어 별들이 뾰족한 가문비나무를 환하게 비출 때면 기온은 급격히 떨어졌다. 강아지는 은신처로 돌아가 조심스럽게 잘 곳을 정했다. 그는 원을 그리며 터벅터벅 맴돌다 마침내 깊은 한숨과 함께 몸을 동그랗게 말고 자리를 잡았다.

강아지는 이따금 밤중에 울부짖는 소리가 들려오면 고개를 치켜들었다. 일말의 기대감에 전율이 몸을 타고 흘렀다. 자리에 못 박힌 듯 섰다가도, 이내 긴장이 잦아들고 나면 따분한 불쾌함만이 곁에 남았다. 오로지 잠만이 이를 쫓아낼 수 있었다.

호숫가로부터 바람을 타고 불어오는 소리는 목이 쉬어있었다. 어미의 울음소리는 분명 아니었다. 완전히 지쳐있는 와중에도 그 소리로 일말의 위험을 감지할 수 있었다. 잠결에도 몸이 약간씩 떨려왔다. 울음소리가 멈추자 모든 긴장도 멈추었다. 그는 깊은 잠과 망각 속으로 빠져들었다.

●

하루 또 하루 사이를 차가운 파편과도 같은 밤이 꿰뚫고 지나갔다. 부엉이의 울음소리나 언 나뭇가지가 부러지는 소리가 하나로 연결되어 있지는 않았다. 그의 삶이나 기억은 선명하게 나타났다 사라지기를 반복하며 켜켜이 쌓여가는 이미지들의 연속이었다. 푸른 하늘, 선명한 냄새, 단절된 울음소리들로 점철된 나날들이 기억의 숲을 거닐곤 했다. 어둠이 으르렁거리다가도 이내 살을 에는 듯한 눈발이 세차게 몰아쳤다. 강아지는 새벽이면 어김없이 구멍 안으로 들어가야만 했다. 찬 냉기에 몸을 떨며 밤낮으로 허기에 시달리는 날들이 있는가 하면, 뜨거운 태양이 잔등에 내리쬐는 가운데 게걸스럽게 폭식하는 날들도 있었다.

저 아래 습지에 사는 동물들은 강아지에게 잔상을 남겼다. 가령, 하얗고 귀가 기다란 짐승이 나무 사이를 둥글게 맴돌며 통통 튀어 오른다거나, 긴 다리를 가진 새까만 짐승들이 습지를 가로질러 가기도 했다. 가문비나무 안에서는 귀여운 새들이 삐악삐악 울어댔고, 자작나무 꼭대기에는 육중한 체구의 검은 새들이 걸터앉아 꽥꽥 소리를 질러댔다. 나뭇등걸 한가운데는 누군가 꽤나 선명한 발자국들을 남겨놓았고, 가끔 호숫가 아래에서는 보이지 않는 쉰 울음소리들이 들려왔다. 짐승들이 지나다닌 길목에는 그들이 풍기고 간 냄새가 남아 강아지의 기억 속에서 이리저리 교차하곤 했다.

이때쯤 강아지는 먹이가 있는 자리를 반드시 지켜야만 한다는 사실을 깨달았다. 수많은 소리가 그의 잠결 가장 깊은 곳을 파고들 때쯤, 냄새 하나가 날아왔다. 그는 이내 잠을 청했지만, 왠지 모르게 불안했다. 새끼였을 적엔 잠을 깊이 잘 수 있었다. 따스함과 배부름에 대한 갈망으로 온전히 자신을 잠 속에 내맡겼기 때문이었

다. 하지만 지금 강아지의 잠은 온통 망가지고 누덕누
덕해졌다. 경각심이 들 때면 허기가 급습해오거나, 숨죽
인 홍분으로 피가 빠르게 돌았다. 신속히 대비할 수 있
는 태세를 갖추려다 보니, 감칠나는 냄새들이 사라지거
나 주변이 고요해지기 전까지는 좀처럼 평온함이 되돌
아오지 않았다. 평온한 잠은 배가 느끼는 포만감과 햇볕
에 건강하고 뽀송뽀송하게 말린 털의 온기에서 오는 것
이었다. 하지만 그 순간마저도 그는 누군가를 기다리고
있었다.

●

강아지는 그가 무엇을 기다리는지는 잘 알지 못했다.
단지 그 소리를 듣거나 그와 비슷한 냄새가 훅 날아오
기라도 한다면 알아차릴 수 있을 정도였다. 그는 산마루
밑에 얼어붙은 거친 땅 조각들 아래, 차갑고 탁한 개울
물 속의 새알고기처럼 늘 기다림 속에 살고 있었다.

어느 날 밤 강아지는 너무도 익숙한 소리를 듣고 잠에서 깨고 말았다. 그것은 강한 턱뼈 사이로 뼈가 으스러지는 소리였다. 그는 구멍으로부터 빠져나와 가문비나무 아래에 등을 곧추세워 앉고는 귀를 기울였다. 뼈들을 아작아작 씹는 소리가 계속해서 들렸다.

엄마일까? 저 습지 아래 그림자는 분명 엄마일지도 몰라.

달이 떠올라 얼음 조각들이 환히 빛나고 있었다. 하얀 표면 위로 나뭇가지들이 무늬를 드리웠다. 강아지는 넓게 펼쳐진 얼음 조각 위를 몇 발짝 걸어 나와서는 가문비나무의 그림자에서 빠져나왔다. 이제야 그의 먹이를 차지하고 앉은 것의 형체가 보였다. 길고 좁은 등, 거칠거칠한 꼬리, 뾰족한 귀를 가진 세모난 뒤통수를 바라보며, 그는 엄마의 모습을 찾으려고 애썼다. 작고 조심스러운 발걸음을 뗐지만 더는 나아갈 수 없었다. 그의 몸은 경계심과 기대감 사이에서 갈기갈기 찢겨나가는 듯했다. 이윽고 마지막 발걸음을 내딛도록 그를 몰고 간 것은 어떤 순전한 그리움이었다. 하지만 이 모든 것이 잘 보일 만큼 가까이 다가갔을 때, 그는 몸이 굳어 꼼짝 않고 가만히 서 있었다. 뱃속에서는 피가 얼어붙어 어지럼증마저 일었다. 몸의 털은 공포감에 젖어 빳빳이 섰다. 그는 달빛에 이글거리는 두 눈이 얼음 위에 비친 모습을 보았고, 그 속에 담긴 눈빛이 한없이 낯설고 적대적이라는 것을 알아차렸다. 이제야 그는 은여우의 냄새를 맡았다.

●

강아지는 꽁무니를 빼고 구멍 속으로 도망쳐 달아나고 싶었다. 하지만 여우의 발 사이에는 무스 고기 한 덩이가 끼워져 있었다. 그는 곧바로 달려들어 이빨을 드러내고 싶은 충동에 사로잡혔다. 은여우는 움직이지 않았다. 달빛 속에서 꼼짝 않고 가만히 서 있었다. 두꺼운 겨울 가죽을 두르고 북슬북슬한 꼬리를 지닌, 다 자란 수

컷이었다. 커다랗고 넓은 여우의 그림자가 미동도 하지
않은 채 싸한 존재감을 연신 내뿜고 있었다.

　강아지는 엉덩이를 대고 풀썩 주저앉아 뒷다리를 들
어 올려 귀를 긁어대기 시작했다. 가려운 귀를 긁는 것
말고는 세상에 신경 쓸 일이 없는 것처럼, 미친 듯이 긁
고 또 긁었다. 그 자리에 가만히 서서, 계속 귀를 긁어대
며 앞발로 단단한 눈밭을 쿵쾅거렸다. 은여우는 윗입술
을 뒤로 젖히더니 슬며시 길을 비켜 덤불 속으로 사라지
고 말았다. 긴 꼬리와 등을 실룩이며 저 멀리 습지 아래
에서 다시 나타나더니 긴 자국을 남기며 멀어져갔다.

　여우가 사라졌다. 강아지는 그가 어떻게 여우를 그의
먹이로부터 물리쳤는지 알지 못했다. 그는 등을 펴고 걸
으며, 사라진 여우의 발자국 냄새를 맡았다. 그리고는
몇 방울의 오줌을 여기저기 흩뿌렸다. 그가 뒷발 하나를
든 채로 서서 오줌을 갈긴 것은 이번이 처음이었다. 그
리고는 여우가 눈 밖으로 끄집어내 놓은 갈비뼈를 물어

뜯었다.

실컷 배를 채우고 난 강아지는 환한 밤에 귓전에 들려
오는 소리를 들으며 앉아 있었다. 그리고 짖기 시작했
다. 그는 메아리를 듣고 다시 또 짖었다. 높은 음색의 머
뭇거리는 소리가 나무들 사이로 울려 퍼졌다. 마침내 졸
음이 밀려와 강아지는 자기 발자국을 따라 구멍으로 다
시 돌아갔다.

호숫가에서 들려오는 쉰 울음소리에 그는 자주 잠에
서 깨곤 하였다. 그때마다 그의 몸은 긴장하여 으르렁거
렸다. 다시 잠이 들 때면 그의 목과 폐에서 이따금 본능
적이고 무의식적인 소리가 튀어나왔다. 그럴 때면 잠에
서 깨어나 목젖을 드러내고 짖었다. 울부짖는 소리를 내
뱉으며 주둥이를 작고 둥글게 오므렸다.

눈 덮인 얼음 위를 걸어가던 어느 날이었다. 그의 발
은 여전히 넓고 투박했지만, 다리는 길게 자라고 있었

다. 그는 마치 날아가듯 앞을 향해 달려나가다가도 이따금 멈추어 서서 호숫가에서 들려오는 목쉰 울부짖음을 들었다. 그의 뒤로는 아무런 기억도 남아 있지 않았다.

●

통나무집은 호숫가에 있었다. 얼어붙은 표면 위로 달빛이 어른거렸다. 호수는 매끈하고 푸르스름한 필름 같았고 그가 볼 수 있는 만큼보다 더 멀리, 드넓게 펼쳐져 있었다. 발을 굴리며 그는 계속 달렸다. 매끄러운 얼음 위에서 그의 몸은 가벼웠다. 그는 빠르게 리듬을 타며 달음박질하다가 곧이어 전력 질주하기 시작했다. 아무런 이유도 없이, 그저 정처 없이 달렸다. 달빛과 추위 그리고 속도의 쾌감이 그를 춤추게 했다. 경계도 숲도 호수도 사라지고 없었다. 그의 몸이 스스로 고리 모양을 띠며 빙그르르 달리더니 환하고 푸른 표면 위에 길고 납작한 숫자 8을 그리고 있었다. 그는 멈추지 않았다. 그러다 저절로 속도가 잦아들자 고리의 모양도 작아지고 말왔다. 발이 아파왔다. 강아지는 멈추어 서서 발을 핥았다. 전에는 몰랐던 짠맛이 났다. 소금기가 강렬한 냄새로 눈 속에 묻혀 있었다.

조금 전의 달리기는 까마득히 잊었다. 그는 얼음을 가로질러 은여우의 선명한 냄새를 뒤따라갔다. 이따금 또다른 냄새가 섞여 나기도 했는데, 농도가 짙고 숨이 막힐 듯 육중한 냄새였다. 기억을 일깨워 보았으나 딱히 갖다 붙일만한 게 떠오르지 않았다. 그는 얼음에 뚫려있는 구멍들의 냄새를 맡으며 맴돌다가 얼음 조각을 발로 긁어 보았다. 코담배 뭉치와 오렌지 껍질이 눈에 띄었다. 강아지는 코를 갖다 대었지만, 이내 강하고 역한 냄새가 올라와 그것들을 도로 내뱉고 말았다. 급기야 그는 낚시 구멍 근처에서 작은 버봇 물고기를 발견했다. 단단히 얼어있었지만 등에 이빨을 박으니 생선 맛이 났다. 그는 머리도 뱉어내지 않은 채 눈 깜짝할 사이에 그것을 모두 집어삼키고 나서는, 한참 동안 앞발을 빈틈없이 핥아댔다.

강아지는 다시 호숫가로 돌아가고 싶었지만 발자국들이 마구잡이로 흩어져 있어 그것들을 도로 따라가기란 불가능해 보였다. 발자국들은 얼음 위에 둥그런 원을 그려놓았다. 그는 고개를 들어 호숫가 바위들을 향해 곧장 걸어갔다. 반쯤 가다 보니 무엇인가가 웅크린 채로 바위 틈에 숨어 그를 쳐다보고 있는 것 같았다. 그는 길을 조금 비켜서서 걸었다. 웅크린 짐승은 사라지고 없었다. 다른 바위들 가운데 또 다른 바위 하나가 덩그러니 놓여 있을 뿐이었다.

●

나무가 우거진 습지로 돌아가는 길에 달이 지고 있었다. 자작나무 샛길은 어두컴컴했고 눈은 강아지의 무게를 견디지 못하고 무너지고 있었다. 이따금 눈에 발이 빠지기도 했다. 마침내 새끼는 뿌리 곁에서 동그랗게 몸을 말고는, 앞발의 비릿하고 싸한 피를 핥았다. 그가 깊은 잠에 들 무렵, 숲은 막 살아나고 있었다. 새벽녘이 되어 새들이 짙은 아침 안개 속에서 연이어 재잘거렸지만, 그는 여전히 잠에 빠져 있었다.

눈이 녹아내린 물로 숲은 웅성거리기 시작했다. 얼음장 밑에서 콸콸거리는 소리가 났다. 강아지의 발은 진창이 된 눈 속에 잠기기 일쑤였다. 그의 배는 언제나 젖어 있었다. 그래서 그는 그루터기나 쓰러진 나무 옆에서 은신처를 발견할 때면, 몸을 일으켜 앉아 배와 발이 마를 때까지 핥아댔다. 새들이 지저귀는 소리와 물방울 떨어지는 소리가 그의 귓전을 가득 채웠다. 두 눈에 담긴 환한 햇빛이 그를 나른하게 했다. 가끔씩 옆으로 누워 햇볕을 쬐며 잠을 청해 보았지만 쉽지 않았다. 축축한 습기가 늘 그를 엄습해왔기 때문이다.

배가 고팠다. 얼음 위를 내달리던 그날 밤, 습지 가장자리에 감추어 놓았던 먹이를 찾았지만 이내 허탕이었다. 바위나 가문비나무 나무줄기에 기대어 간간이 잠을 자고 난 후 아침이 밝아 올 때면, 먹이에 대한 기억은 이미 탁해져 있었다. 이제 그에게 남아있는 것이라고는 불안과 허기뿐이었다. 배가 아파오는데 내린 눈 속에 발을 담그고 있어야 하는 게 고작이었다. 조금이라도 앞으로 나아가려면 눈 속에 빠진 다리를 높이 들어야만 했다. 숲은 맑은 향기로 가득했지만 아직 움직이는 짐승이라곤 보이지 않았다. 다행히도 강아지는 그루터기 옆에 녹아내린 눈 속에서 얼어붙은 레논베리를 찾아냈다.

길고도 환한 아침이었다. 갑자기 숲속 바람이 일렁이더니 그동안 한 번도 들어보지 못했던 소리를 몰고 왔다. 솟아오르는 물줄기 같기도 한 부글부글하는 소리였다. 강아지는 고개를 들어 귀를 기울여 보았지만, 이내 소리의 물결이 빠져나가자 잠이 들고 말았다.

어느 날 아침 그가 깨어났을 때는, 그 소리가 너무나 가까워 그 웅성거림 속의 소리 하나하나를 구별해낼 수 있을 정도였다. 그는 일어나 추위로 뻣뻣해진 다리로 조심스레 걷기 시작했다. 비탈 위에 서 있는 가문비나무들 사이로 햇볕이 내리쬐고 있었다. 너무나 눈이 부셔 강아지는 햇빛을 피하고 말았다. 콸콸 흐르는 소리가 가까이에서 오르내렸다. 하나가 사라지면 또 하나가 귓가에 부글부글 맴돌다가 다시금 웅성거리며 사라지곤 했다. 그의 앞에 작은 호수 하나가 나타났다. 이 작은 호수 위로 아무도 밟지 않은 눈이 햇빛에 하얗게 부서지고 있었다.

●

이윽고 해가 가문비나무들로 뒤덮인 비탈 위로 떠올랐다. 호수의 표면이 빛에 반사되어 그는 눈을 뜰 수가 없었다. 호숫가 근처에 일렁이는 검은 그림자들이 계속해서 눈에 띄었다. 강아지가 달음박질을 시작하자 새 한 마리가 날아올랐다. 일순간에 잔물결 소리가 조용해지고 말았다. 제법 오랫동안 그는 신선한 냄새를 쫓아 빙판 위를 킁킁거리며 돌아다녔다. 그가 유일하게 발견한 것은 커다란 수컷 뇌조의 부채 모양 꼬리에서 떨어져 나온 휘어진 까만 깃털이었다.

　강아지는 이리저리 방황하다 다시 잠이 들었다. 날마다 이른 아침이 되면 그는 다시 또 숲을 가득 채운 노랫소리에 잠에서 깨어나곤 했다. 배를 눈 위에 납작 댄 채로 슬며시 기어가다가, 잠시 멈추어서 귀를 기울여보기도 했다. 가문비나무 아래는 어두컴컴했다. 어슴푸레한 그림자 둘이 서로를 향해 춤을 추며 다가서다가는, 이내 멀어져 갔다.

　숲의 노래가 마치 까맣고 둥근 그것들로 변한 듯했다. 그들은 날개를 한껏 펼친 채로 꼬리를 질질 끌며 뛰어다니고 있었다. 강아지는 그들이 지껄이고 까르륵대는 소리를 들었다. 조금 더 떨어진 곳에 더 많은 그들의 무리가 있었다. 그곳은 온통 생기로 가득 차 분주했다. 노래는 높아졌다 낮아지기를 반복했다.

　강아지는 해가 두 눈에 스며들어 눈이 부실 때까지 그들 곁에 누워 있었다. 새들의 흰 꼬리털이 번지르르 빛

났다. 그는 건성으로 새들을 잡으며 놀았다. 수컷 뇌조들이 날아올라 소란스레 날개를 펄럭이며 여러 갈래로 사라졌다. 그는 암컷들을 보지도 못했다. 암컷들은 갈대 사이로 총총 달아났기 때문이다. 뇌조들이 날아가자, 강아지는 귀를 긁어대기 시작했다.

녹아내린 얼음과 시큼한 월귤들. 이끼 틈새에서 아무런 냄새도 나지 않는 깃털들. 물로 채운 뱃속과 젖은 발에 의지해 강아지는 앞으로, 앞으로 나아갔다. 깃털들을 잘근잘근 씹고 뼈다귀를 핥으며, 질척거리는 눈밭을 느릿느릿 걸어갔다. 눈이 녹아 코 위로 방울져 떨어졌다. 눈이 따끔했고 배는 아려왔다. 그는 터벅터벅 힘없이 걸었다. 눈밭에 배를 대고 웅크려 땅속에 코를 처박고는 무색무취의 물, 녹아내린 물, 배고픔의 물을 마셨다.

달이 숲으로 살며시 다가왔다. 밤은 절대 고요하지 않았다. 어둠은 졸졸 흐르면서 잔물결을 일으키고, 끊임없이 지저귀며 바스락거렸다. 강아지는 불편한 몸으로, 고르지 못한 길을 가로질러 나아갔다. 달빛이 어두운 습지대를 비춰 습기 찬 이끼 속에서 웅크린 그루터기들과 우두커니 얼어붙은 채 잠자는 바위들을 깨물었다.

배고픔의 고통과 두려움이 모두 무디어지기를, 따스한 볕에서 젖을 빨며 꾸벅꾸벅 잠이 들기를, 남은 온기마저 어서 마저 빨아 마시기를…

●

강아지는 어딘지 모르게 익숙한 곳에 도착했다. 그동안 훅 날아와 유령처럼 사라지곤 했던 수없이 많은 낯선 냄새와는 달리, 이곳에서는 그가 예전에 묻혀 놓았던 냄새가 났다. 그는 바로 문 앞까지 걸어가, 출입문 나무에 자신의 오줌 냄새가 묻어있는 것을 발견했다. 헛간의 문짝은 경첩이 녹슨 채로 입구에 기대어 있었다. 문의 틈새가 아래로 갈수록 벌어져 있었다. 강아지는 한참 동안 냄새를 맡고 나서 그 아래 틈새로 기어들어 가려고 꼼지락

댔다. 날카롭고 농축된 냄새가 풍겨와 그를 어리둥절하게 했다.

안으로 들어가자 거의 아무것도 볼 수가 없었다. 거친 마루의 널판에 코를 대고 쿵쿵거리자 먼지가 일어 재채기가 났다. 강아지는 벽에 걸려 있는 무언가를 물어뜯기 시작했다. 딱딱했지만 침으로 녹인 끝에 부드러워진 그 것으로 입속을 흥건히 채웠다. 일부는 물어뜯어 삼켰다. 하지만 그것은 배앓이를 더 심하게 할 뿐이었다. 그는 뒷걸음질 치다 그만 녹슨 양동이에 걸려 넘어지고 말았다. 덜커덩거리는 소리에 놀라 동작을 멈추고는, 현관으로 줄행랑치며 간신히 그곳에서 빠져나왔다.

집에서 조금 멀어지자 두려움은 이내 까마득해졌다. 그는 가문비나무 곁에 누워 오두막을 바라보았다. 소름 끼치도록 쿵쾅거리는 소리가 심장을 두들겨 댔다. 그것은 낯익은 공포와 안도 사이를 오갔다. 황혼 무렵에 오두막은 더 커다랗게 보였다. 졸졸대는 물소리가 끊임없이 주위를 채우는 동안, 강아지는 별안간 사람의 목소리를 들은 듯했다. 여러 갈래의 기억을 더듬어 보았지만 사람의 목소리는 없었다. 소곤거림은 계속되었다. 하지만 금방이라도 무너질 듯한 이 건물에는 끝내 아무도 나타나지 않았다. 강아지는 한 발 단념하며, 바람에 쓰러진 채 흙덩어리 묻은 마른 뿌리를 하늘로 향한 나무 곁에 동그랗게 몸을 말고 누웠다.

●

새벽녘에 까마귀들이 강아지를 깨웠다. 그들은 습지 위를 둥글게 맴돌며, 서로가 먹이를 나누어 먹고 있었다. 껑충껑충 몇 걸음 뛰어가자 까마귀들은 도망쳤다. 이제는 까마귀들이 새끼 강아지에게 겁을 먹기 시작했다. 강아지는 다리를 넓게 벌려 먹이를 차지하고 서서는, 썩어가는 먹잇감의 텁수룩한 옆구리를 힘껏 끌어당겼다.

이곳의 모든 것들이 낯설지 않았다. 그는 익숙한 습지로 다시 돌아온 것이다. 죽은 무스 고기 또한 여전히 그 자리에 있었다. 비록 남은 것이라고는 갈비뼈 위에서 썩어가는 가죽과 흩어진 뼈다귀였지만 말이다. 그가 찾은 것은 충분한 먹이 대신 낯선 냄새들과 둥글게 원을 그리며 남아 있는 흔적들, 그리고 똥들이 고작이었다. 강아지는 나무 밑동 여기저기에 오줌 방울을 흘리고는 비탈에 누워 그나마 힘줄이 남아 있는 무스의 넓적다리 뼈를 게걸스럽게 씹어댔다. 주둥이는 금방 피로 범벅이 되었다. 앞니가 흔들려 잇몸들이 부드러워진 사이를 새 이빨이 뚫고 나오려 하고 있었다. 그의 앞니 영구치는 벌써 돋아나 있었다.

처음에 배고픔은 원동력이 되어, 바닥에 코를 대고 냄새를 맡게 한다. 그리고선 배고픔은 이내 귓전을 때리는 채찍이 되어, 깊은 잠을 강타하며 금세 사라져 없어질 냄새들을 내뿜는다. 그것은 아픈 충치가 되어, 잇몸 안쪽을 갉아 먹고 괴롭힌다. 배고픔은 그저 엉겨 붙은 털

과 지친 다리, 부러진 발톱의 모양을 하고선, 뱃속에는
아무것도 없다. 온통 허기뿐이다.

●

눈이 부서져 차츰 녹아내렸다. 습지의 물은 불어났고
호수를 덮었던 얼음의 맨 위층은 사라지고 없었다. 강아
지의 앞발이 잿빛 눈 속에 잠겼다. 그는 바위투성이의
호숫가로 물러나야 했다. 어느 날 밤 폭풍이 급습하더
니, 배고픔 속에서 무감각하게 잠든 강아지를 흔들어 깨
웠다. 그는 몸을 말고 다시 잠을 청했지만, 그러기에는
온 몸으로 비바람을 막고 있었다. 강아지의 귀는 울부
짖는 바람 탓에 뒤로 한껏 젖혀져 있었다. 그는 숲속 가
문비나무 아래서 비를 피할 자리를 찾아야만 했다. 그는
그곳에 누워 공중에서 휘몰아치는 폭풍우가 나뭇가지
들을 꺾어 부러트리는 소리를 하염없이 듣고 있었다. 새
벽녘의 바람은 여전히 강했다. 땅에 떨어진 잔가지들과
이파리들 위로 눈이 소복이 덮였다. 세상의 모든 냄새가

일순간 사라졌다.

　그는 아침 바람을 맞으며 호수로 가는 가파른 길을 내려갔다. 호숫가 나무에 기대자 갑자기 두려워졌다. 엄청나게 큰 잿빛 형체들이 바위 위로 떨어져 내렸다. 휘몰아치는 얼음이 바위를 마구 두드릴 때마다 쿵 하고 울리는 소리가 났다. 그는 시커먼 물과 얼음 덩어리들로 넘실대는 호수가 몹시도 낯설어져서, 숲속으로 도망쳐버리고 말았다.

　계속 가렴, 쉬지 말고 계속 가.

　그날은 강아지가 죽은 들쥐를 발견한 날이었다. 배가 부풀어 오른 들쥐는 누렇게 튀어나온 앞니를 갖고 있었다. 그는 앞발로 쥐의 몸을 뒤집고는 코로 살살 밀어 보았다. 팽팽하게 부풀어 오른 거죽이 파열되어 지저분한 액체가 쏟아져 나왔다. 강아지는 들쥐를 가문비나무 기슭에 남겨둔 채, 잎사귀들로 그 위를 덮었다.

그는 계속해서 천천히 배회하며, 점점 짧은 보폭으로 걸음을 옮겼다. 배고픔이 전과는 다른 방식으로 그를 덮쳐와 어지럽고 멍하게 했다. 강아지는 잠을 간절히 원했다. 하지만 그의 배 위로 차갑고 축축한 물방울이 떨어져 털을 적시지 않았더라면, 하마터면 영원한 잠에 들을 뻔했다.

●

누군가 한 무더기의 풀밭에서 따뜻한 알들을 발견했다면, 우선은 주위를 둘러보며 어미 새가 있는지 찾아볼 것이다. 하지만 누구도 그 알들이 어디에서 생겨난 건지 알려준 적이 없다면, 사람들은 그것들을 곧바로 깨트려서 먹을지도 모른다. 그리고는 한참 배가 부른 뒤에야 비로소 그 수수께끼에 대해 골똘히 생각해 볼 것이다. 혹시나 누군가 깨진 껍질 안에서 빛나는 노른자들을 본다면, 그는 태양이 마치 풀밭에 알을 갖다 놓고 노루처럼 따뜻하게 품는 중이라고 여길지도 모른다.

강아지는 여러 개의 알을 발견했지만, 그것들이 어디에서 왔는지 궁금해하지 않았다. 물론 머지않아 그 알들이 날카로운 새들의 울음소리와 관련이 있겠거니 짐작했지만 말이다. 그는 주둥이를 풀 속으로 처박고 끈적이는 흰자를 혀로 핥아댔고, 아주 천천히 노른자를 날름거리며 남김없이 빨아먹었다. 심지어 그는 근처에 나 있는 풀잎들까지도 모두 핥았다.

습지의 마지막 남은 눈 조각들은 이제 모두 사라지고 없었다. 단단하고 투명한 눈의 결정들이 꾀죄죄한 눈 더미에 쌓여 있을 뿐이었다. 가문비나무들은 그 위에 씨앗과 나뭇잎들을 떨구었고, 이끼와 나무의 잔가지들이 바람결에 밀어닥쳤다. 습지는 물로 가득 찼다. 물이 넘쳐 두 갈래의 시냇물을 만든 채, 바위들 틈에서 노래하며 호수까지 흘렀다.

담요처럼 펼쳐진 가문비나무 숲을 지나자 얕은 만 안쪽으로 자작나무와 오리나무가 모습을 드러냈다. 이들은 가문비나무들 덕분에 노르웨이 산맥을 타고 불어오는 바람으로부터 보호받고 있었다. 매일 새로운 소리가 실려 왔다. 개울 맨 밑바닥에 가라앉아 있는 자갈의 빛깔처럼 하늘에 아직 붉은 황금빛이 도는 아침에는, 재빠르게 움직이는 새들의 소복한 울음소리가 숲에서 떠나지 않았다. 작은 몸뚱이들은 노래로 가득 차 있었다. 노란색, 청색 혹은 평범한 납빛의 목청들이 제각기 진동하고 있었다. 비록 한 줌의 솜털 혹은 빈 뼈, 아니면 한 입 거리의 피인 것 말고는 아무것도 아니라 해도, 그들의 목청소리는 멀리멀리 울려 퍼지며 숲속 가득 차올랐다.

　　태양이 따스한 온기로 감싸는 마른 대지 위에는 벌레들이 살금살금 기어 다녔다. 이른 대낮부터 개미탑들이 서서히 소생하고 있었다. 해가 중천에 떠오르자, 개미들은 새로운 구멍들을 수리하는 일에 열심이었다. 날이 너무 추우면 그들은 느릿느릿 움직이며 밖으로 나가지 않았다. 개미들은 서로에게 달라붙어 겨우 삶을 유지하고 있었다. 개미굴은 아주 허약해서 새끼 강아지의 앞발이 그 울퉁불퉁한 표면을 한 번 쓸고 지나가면 흔적 없이 사라지곤 했다.

화창한 날들이 대부분 이어졌다. 태양은 만물을 따뜻하게 하고 알을 품게 했다. 그리고는 겨우내 잠을 자며 축적한 지방을 태우던 동물들을 굴 밖으로 끄집어냈다. 그들을 깨운 건 사실 배고픔이었다. 들쥐들은 마른 풀밭을 종종걸음으로 내달리며 지난가을 남은 씨앗 꼬투리와 얼어붙은 월귤 혹은 고치, 그리고 알들을 찾아 헤맸다.

밤이 되면 작은 구덩이 속의 물이 얇게 얼어붙어, 그 속에 빠지는 강아지의 발에 외상을 입히곤 했다. 갈색 나뭇잎들은 새로운 얼음층을 마주했다.

햇빛이 일찍 찾아들었다. 둥그스름한 태양이 나무 꼭대기 위에서 담홍색으로 희미하게 모습을 드러내기도 전에, 나무숲 전체가 빛으로 가득 번져갔다.

●

식물의 잎맥과 줄기, 그리고 작은 뿌리 마디마디에도 물과 빛이 차올랐다. 그 빛이 예쁜 알들을 따스하게 감쌌다. 갓 태어난 세포막에는 신선한 피가 차올랐다. 생명이 알 속에서 진동하고 있었다.

강아지는 햇빛을 핥고 빨았다. 흘러넘치던 물은 이제 잦아들고 있었다. 빛은 더 이상 강아지에게 적이 아니었다. 이제는 바위 아래서 들리는 밝은 목소리였다. 그는 마른 배를 태양을 향해 돌려 누워 햇볕에 온몸을 적셨다. 새끼 강아지마냥 잠결에 코를 골기도 했다. 겨우내 굶주렸던 숲에서는 많은 생명이 깨어나지 못했지만, 강아지만큼은 살아남았다.

굴이나 은신처에 사는 모든 생명은 그들만의 생존방

식을 가지고 있었다. 햇볕이 잠 속으로 찾아드는 순간부터 부리를 날개 밑으로 집어넣거나 꼬리를 감고 잠드는 순간까지, 똑같은 하루하루가 흘렀다. 그들은 언제나 같은 나무줄기로 허둥지둥 몰려가거나 같은 구멍 속으로 기어들어 갔다. 그들은 햇볕이 내리쪼이는 대낮에는 끊임없이 바쁘게 움직였다. 세계는 익숙했지만 경계를 늦출 수는 없었다. 왜냐하면 풀밭 뒤에, 그리고 나무 꼭대기 위에 무엇이 살고 있는지 모두가 잘 알았기 때문이다.

오랜 궁핍의 기간 동안 강아지는 아무 목적 없이 떠돌아다녔다. 그의 기억은 축축한 안개구름 같았다. 이따금 그는 건성으로 사냥했고, 때론 바스락거리거나 찍찍거리는 것을 맹렬히 쫓다가 나무 밑동 옆에서 잠들기도 했다.

먹이를 찾는데 열중하는 와중에도 그는 자기가 어디에 와있는지 알았다. 심지어는 마른 풀밭에서 나뭇가지가 부러지는 소리와 희미하게 바스락거리는 소리가 언제 그를 낮잠에서 깨우는지도 너무나 잘 알게 되었다. 강아지는 습지대 근처의 비탈에 있는 그의 오래된 잠자리를 경계했다. 이제 그는 뾰족한 잎으로 덮인 나뭇가지들이 땅에 낮게 드리운 커다란 가문비나무 아래를 선호했다. 하지만 같은 장소에서 여러 날 밤을 보내지는 않았다. 자고 일어난 곳을 킁킁거려 보았지만 딱히 무슨 냄새를 맡았는지 확신이 서지 않을 때면 곧잘 불안감을 느꼈기 때문이다. 그럴 때면 그는 몸을 숨길 수 있는 또 다른 돌무더기를 찾아 기어들어 갔다.

가끔 그는 경계는 하되 동요하지 않는, 친숙하게 느껴지는 옛 장소로 돌아오기도 했다. 만일 너무나 많은 불분명한 냄새의 흔적들이 그 장소를 에워싸고 있다면, 그는 최악의 공포에 휩싸여 혼란스러워했다. 공포가 그를 따끔거리게 했고, 어둠 속 두려움이 그를 엄습하기도 했다. 하지만 그는 무엇이 그 두려움을 초래했는지 알지 못했다.

아침이 되면 강아지의 몸은 곧잘 뻣뻣해지곤 했다. 그는 피가 돌고 관절이 풀리기 전까지 무감각한 다리를 몇 번이고 뻗어야만 했다. 강아지는 항상 자신이 처음 알을 발견했던 습지를 뒤지는 것으로 하루를 시작했다. 이제 알을 찾는 일은 하찮으리만큼 쉬워져서, 그는 언제나 맛있고 풍미가 있는 알들을 곁에 둘 수 있었다. 그는 다른 곳으로 이동하기 전에 습지를 이리저리 뒤지고 다녔다.

강아지는 매일 같은 지역을 돌아다녔다. 바로 어제의 자취가 아직 허공에 남아 있었다. 오늘은 나뭇가지가 부러져 있었다. 새들이 바스락거리고 꽥꽥대며, 나뭇가지를 긁어댔기 때문이었다. 그러나 어떤 일들은 너무 오래전에 일어났기 때문에 냄새마저 완전히 사라진 상태일 때가 많았다. 희미하게 냄새만 남은 곳에 이르렀을 때면, 근육이 잔뜩 긴장하기도 했다. 강아지는 앞발로 여기저기를 파헤치고는 코를 들이댔다.

오두막 처마 아래 땅이 말라붙었다. 그 위로 나무 벽에 부딪혀 죽은 까치 한 마리가 있었다. 강아지는 메마른 오두막을 자세히 살피지 않고는 그곳을 지나갈 수 없었다. 목초지를 건너 숲이 우거진 호숫가로 내려왔을 때, 그곳에는 그의 흥분을 돋우는 썩어가는 나무줄기가 있었다. 이곳은 그가 커다란 고치를 발견했던 곳이었다. 강아지는 불그스름한 나무를 마구 긁어댔고, 나무는 그의 발톱에 고스란히 부서졌다. 예전에는 그곳에서 고치를 발견하기도 했다. 어느 날에는 고치가 남아있지 않다가도, 나무줄기를 우연히 마주친 다른 날에는 또다시 고치를 발견하기도 했다. 푸짐하게 배를 채운 날은 그의 기억에 오랫동안 남았다.

●

자작나무 꽃봉오리가 부풀어 올라 끈적끈적해졌다. 호수 입구까지 내려가는 비탈에는 갯버들 덤불이 꽃가루에 뒤덮인 채 햇빛에 반짝였다. 강아지는 그것을 처음 보았던 날 소스라치게 놀랐다. 오리나무 아래에서는 초록의 뾰족한 새싹이 회갈색 나뭇잎 밑에서 막 올라오고 있었다. 헛간의 낡은 거름 더미 옆에는 쐐기풀들이 모여서 있었다. 그들 주위의 공기는 톡 쏘는 냄새를 풍겼다.

땅 역시도 언제나 변하고 있기는 마찬가지였다. 축축하게 젖은 풀밭의 소리와 냄새가 시시각각 그의 발밑에서 변하고 있었다. 발자국도 사라지고 없었다. 오로지 돌멩이들 사이로 속삭이며 찰랑거리는 물소리뿐이었다.

바람이 세차게 불어오자 나무 조각들이 뭍으로 쓸려와서는 매끄러운 돌 틈에서 문질러지고 씻겨졌다. 색이 엷어지고 반들반들해진 나무는 낯설었다. 끊임없는 물살과 젖은 대지 사이의 좁은 땅에도 풀들은 뿌리를 내렸다. 그 위험한 경계로 흠뻑 젖은 깃털이나 축축한 털의 죽은 짐승들이 떠밀려오곤 했다.

강아지는 항상 물가에서 가능한 한 멀리 떨어져 있으면서 냄새가 나는 쪽으로 목을 뺃고는 조심스럽게 앞발을 내려놓았다. 호숫가에는 몸을 숨길 수 있는 덤불이 없었다. 그는 이런 이유로 불안해했지만, 이따금 위험을 무릅쓰고 자신의 모습을 드러내기도 했다. 그곳에서는 항상 먹을 것을 찾을 수 있었기 때문이다.

호숫가 곳에서 멀리 나가는 것은, 다른 세계에 매우 가까이 다가갔다는 뜻이기도 했다. 어느 날 강아지는 호숫가 반대편을 바라보며 서 있었다. 때때로 개들이 짖는 소리가 들려왔다. 그는 더 멀리 나아갈 엄두를 내지는 못했다. 그는 개 짖는 소리를 들었을 때 자기도 울부짖고 싶었지만 두려움에 멈추곤 했다. 어느샌가 강아지는 눈을 가늘게 뜨고는, 둑 위의 덤불 더미에 낮게 웅크린 자세로 위험한 냄새를 맡고 있었다.

●

평상시와는 다른 요란한 굉음이 들려왔다. 호숫가에서 급류가 쏟아내는 소리였다. 강아지는 그것을 볼 수도 없었을뿐더러, 그것이 무엇인지 잘 알지 못했다. 물이 소음을 향해 소용돌이치며 춤을 추었기 때문에 호수의 곳에 나가 있는 것은 매우 위험했다. 센 물줄기에 귀가 멀 정도였다. 강아지는 숲에서 나는 소리를 들을 수 없었다. 그는 썩어가는 통나무 위로 조심스럽게 올라섰다. 호기심이 그를 급류의 굉음 속으로 유인하는 경우는 드물었다.

한번은 좁은 수로의 바위 틈새로 등이 길게 굽은 아치형의 실루엣을 보았다. 그것은 유유히 물속으로 미끄러져 들어가더니 반대편에서 다시 나타났다. 강아지는 월귤 더미 사이로 굴곡진 움직임을 지켜보았다. 하지만 멀어져가는 그 움직임을 더 쫓지는 못했다. 냄새를 맡을 수 없는 것들은 금방 잊혀졌다.

호수의 만 옆에서는 비버들이 자작나무와 사시나무를 부러뜨려 나무껍질을 벗겨내는가 하면 줄기에서 나뭇가지들을 잘라냈다. 통나무들은 벌거벗은 창백한 모습으로 물속에 뛰어들었다. 강아지는 비록 비버들을 보지 못했지만 그 냄새에는 익숙해졌다. 비버들이 작업하는 땅은 질퍽하고 거칠었다. 그는 진흙이 털에 달라붙는 것을 좋아하지 않았기에 숲 가까이에 머물렀다. 그는 불필요한 골칫거리들을 좋아하지 않았다. 높은 언덕을 기어오르는 일은 그를 지치게 했고, 주위에 귀를 기울이고 경계하는 일마저 방심하게 만들었다. 강아지는 이제 아무 생각 없이 함부로 행동하는 새끼가 더 이상 아니었다. 그는 늘 신중했고 또 조심스러워했다.

보트 착륙장으로부터 나 있는 오솔길에는 나무와 풀들이 웃자라 있었다. 어린 가문비나무와 자작나무들이 가까이 들러붙는 바람에 길을 뚫고 나아가는 데 어려움이 많았다. 오솔길은 새들이 나직이 속삭이는 소리와 날개를 퍼덕이는 소리로 가득했다. 그림자들이 어른거리며 눈을 깜박였다. 강아지는 어린 새들에게는 전혀 관심을 기울이지 않았다. 그들은 자그마한 날개들을 재빠르게 퍼덕이며 거대한 가문비나무 숲 어둠 속으로 사라져 버렸다. 아기 새 한 마리가 목을 흐느적거리며 땅바닥에 떨어져 있었지만, 그것이 눈앞에서 날개를 펄럭이며 날아다니는 것과 같은 새라는 것을 강아지는 미처 몰랐다. 날고 있을 때 새들은 너무나 빨랐다. 오히려 몸이 육중해서 날아오르기가 힘들거나 꽥꽥거리는 새들이 그의 흥미를 끌었다. 그들의 냄새가 나는 곳에서 혹시라도 알을 찾을 수 있을지 모르는 일이었다.

●

오래된 여름 목초지에는 지난해의 초목들이 빽빽이 서 있었다. 갈색 잎이 떨어진 자리에서 푸른 잎들이 돋아나고 있었다. 땅 위를 덮은 나뭇잎 사이로 바스락거리는 소리가 들렸다. 강아지는 따스하고 향기로운 대지에 주둥이를 대고는 벌레들을 핥아먹으며 천천히 비탈길을 올라갔다. 저 아래 물가에서는 쥐의 냄새가 났다.

헛간 주변으로 쐐기풀들이 줄지어 돋아났다. 강아지

는 쐐기풀들을 피해 다녔다. 습지에 도달하기 위해서는 움푹 꺼진 진흙투성이의 도랑을 건너야 했다. 그 도랑에서는 이따금 커다란 무스 냄새가 나기도 했다. 이제 강아지는 물에 흥건히 잠긴 작은 습지가 꽤 익숙했다.

호숫가를 따라 그가 가장 좋아하는 들판이 펼쳐졌다. 우거진 산등성이가 습지의 풀밭까지 뻗어 있었다. 강아지가 처음 잠들었던 곳은 산비탈이었다. 하지만 그는 몹시 가파른 산등성이 꼭대기로는 가지 않았다. 한 번도 탐험해보지 않은 지역이었다. 늙고 거대한 가문비나무들로 빽빽한 그 땅에는, 뾰족한 갈색 나뭇잎들이 가득 떨어져 있었다. 그곳에서는 아무것도 자라지 않았다.

오두막집 위 개간지에는 산토끼들이 살고 있었다. 강아지는 그쪽 방향으로 그다지 멀리 가보지는 않았다. 그곳은 그가 알고 있는 세상의 끝이었다. 개간지와 습지의 경계선이었다. 강아지는 미지의 세계로 모험을 할 때마다 초조함을 감출 수 없었다.

우툴두툴한 나뭇잎 덮개를 들어 올리는 것은 새롭게 나기 시작한 새싹들이었다. 땅속에서부터 생명이 움트고 있었다. 나뭇잎 지붕 아래에서는 벌레들이 윙윙거리며 맴돌았다. 그 밑에는 들쥐들 또한 살고 있었다. 강아지는 종종 고개를 숙이고 귀를 쫑긋 세운 채 귀를 기울였다.

어느 날 아침 강아지는 희미한 쨱쨱 소리를 들었다. 풀숲 아래에서 나는 소리 같았다. 귀를 쫑긋 세운 채 그 소리를 따라가자, 오두막 계단 근처의 큰 바위 옆에서 소리는 점점 더 크게 들려왔다. 풀덤불 속에서 무엇인가 진한 냄새를 풍기고 있었다. 털도 나지 않은 새끼들이었다. 강아지는 보지도 않고 그것들을 게걸스럽게 먹어치웠다. 둥지는 어린 새끼들로 가득했다. 강아지는 마지막 한 마리가 남을 때까지 씹지 않고 삼켰다. 풀 한 뭉치를 엮어 놓은 둥지가 그의 발 사이에 놓여 있었다. 강아지는 따뜻한 땅바닥에 뺨을 갖다 대고 턱으로 오도독오도독 뼈를 씹어 먹었다. 핏속으로 온기가 돌더니 근육들이 경련하며 그를 자극했다. 쾌감이 천천히 몸을 타고 흘렀다.

강아지는 비탈길에서 물기 없이 마른 장소를 발견하고는 기지개를 켰다. 그의 배는 꾸르륵하는 소리를 냈다. 눈을 반쯤 감고 누워 있으려니 만족감과 쾌감, 그리고 따뜻함이 몰려왔다. 그는 몸을 떨다가 이내 단잠에 빠졌다. 발을 씰룩이며 이따금 윗입술을 젖혀 이빨을 드러냈다. 그는 잠결에 사냥하고 있었다.

●

강아지는 산바람이 부는 호숫가 옆을 지나고 있었다. 신선한 바람은 여러 날 동안 노란 꽃들을 흔들어댔다. 마가목 이파리마저 불어오는 산들바람에 하얗게 벌어졌다. 바람은 자작나무 잎사귀에서도 노래했다. 바람은 한결같다가도 멀리서 하얀 송곳니를 드러내 보이기도 했다. 물을 역류시키거나 위협이 될 만한 끈적거리는 냄새를 실어오기도 했다. 가문비나무 숲에서 불어온 바람의 노래는 풀밭에 엄청난 파도를 일으키며 강아지의 털을 부드럽게 쓰다듬고 지나갔다. 풀밭이 강렬한 냄새로 가득 찬 나머지 강아지는 코를 맑게 하려고 고개를 쳐들어야만 했다. 그러자 막 꽃이 필 무렵의 서양톱풀 냄새가 났다. 조밀하고도 매콤한 향기였다. 썩기 시작한 부엽토에서는 김이 모락모락 나고 있었다.

앞 못 보는 벼룩은 딱딱한 껍질의 개똥지빠귀들과 함께 이리저리 돌아다니고 있었다. 유심히 보아야만 찾아낼 수 있는 살찌고 바지런한 벌레들이 동분서주하고 있었다. 강아지는 날카로운 발톱으로 땅을 긁어 어쩌다 우연히 그들을 잡았다.

이질풀, 카우 파슬리, 미나리아재비, 뱀 꼬리풀, 가늘고 강인한 블루벨, 양이 즐겨 먹는 소렐, 그리고 양지꽃 무리의 은은한 향기가 풀의 향내와 뒤섞여 있었다. 꽃등에와 말벌들, 그리고 솜털이 보송보송 난 호박벌들이 한껏 날아다녔다. 천천히 비행하는 벌들의 사이로 꽃들이 만발해 목초지의 지붕을 이루었다.

강아지는 깊은 이랑을 남기며 풀밭을 헤치고 나아갔다. 가끔 꽃향기와 벌들이 윙윙대는 소리가 나른한 즐거움으로 그를 어지럽게 만들기도 했다. 무성한 풀밭에서 등을 간질이며 누워있는 것은 너무도 달콤한 기쁨이었다. 그는 몸부림치며 앞발로 허공을 휘젓다가 재빨리 일어나 몸을 털었다. 그가 지나간 자리에는 이질풀과 별꽃들의 긴 이파리들이 납작하게 눌려 있었다.

상처 난 자리에 생긴 물집이 아물고 있었다. 저녁 무렵 강아지는 호숫가 근처 바위에 누워, 그의 털에 들러붙었던 모든 것들을 혀로 깨끗이 핥았다.

●

밤이 되자 커다란 회색 생물체들이 나타났다. 그들은 숲이 습지와 만나는 곳에 마치 고요한 바위 그림자처럼 서 있었다. 어둠 속에서 나타나 이내 무거운 발걸음을 옮기며 나무 사이로 흩어졌다. 소리와 냄새로만 그들을 알 수 있을 뿐, 눈으로는 아무래도 분간해 내기가 힘들었다. 그들은 조심성 없는 소리를 내면서 나뭇가지를 부러뜨리고 발굽으로 진흙 속을 터벅터벅 느리게 걸었다. 주둥이에서는 씨근거리는 소리를 냈다. 힘찬 이빨로 나무껍질을 찢기도 했다. 그들의 다리는 희미한 어둠 속에서 흰빛을 띠고 있었다. 그 두 마리는 항상 함께 다녔다. 새벽녘에 그중 한 마리가 습지 가장자리에 나타나면, 이윽고 나뭇가지를 탁탁 치는 소리와 함께 다른 한 마리의 그림자가 나타났다. 그럴 때면 강아지는 한쪽 귀를 쫑긋 세우고 귀를 기울였다.

그러나 강아지는 그들이 한 살배기라는 것과 작년 겨울부터 봄까지 자기를 먹여 살렸던 무스가 그들의 어미라는 사실을 알지 못했다. 사냥꾼들이 사냥개들을 풀었을 때는 이미 그 암무스가 턱이 산산조각 부서진 채로 도망친 후였다. 한겨울까지 살아남았지만 결국은 굶어 죽고 말았던 것이다.

어느 날이었다. 강아지는 오솔길로 난 발자국을 따라 갔다. 강렬한 즐거움으로 온몸이 떨려왔다. 그러나 이 윽고 무스의 냄새를 맡고는 걸음을 멈추었다. 강아지는 그들이 가까스로 헐떡이는 소리를 들을 수 있었다. 비 명에 가까운 그 소리는 그를 혼란스럽게 했고, 결국 그 는 뒤로 물러섰다. 초조함이 엄습해왔다.

밤중에도 온갖 굴과 구멍에 사는 생명들은 나무 밑의 창백한 빛 속에서 이리저리 움직이며 새로운 냄새들을 만들어 냈다. 오직 강아지만이 코를 땅에 댄 채, 무언가 를 찾고 귀 기울이며 걸었다. 그는 한입 가득한 먹이를 발견하고 누워갈 곳을 찾기를 바랐지만, 언제나 기대뿐 이었다. 발자국 속의 무스 냄새가 더욱 강렬해지면서 그 의 마음에 초조함이 번져갔다. 당황한 강아지는 가문비 나무 아래로 물러나 발을 핥으며 귀를 기울였다. 주변의 모든 생명체가 그들만의 향내와 흔적을 가지고 있는 것 같았다. 오로지 자신만이 안절부절못하며 혼잡한 냄새 들을 이해하려고 애쓰는 듯했다.

하지만 강아지는 위험을 비켜 가는 법을 스스로 터득해내고 있었다. 어느 날 귀가 짧은 부엉이가 날개로 그의 얼굴을 후려치고 지나갔다. 휘익 하는 소리를 들었을 때 그는 그것이 틀림없는 엽조라고 생각했지만, 부엉이는 나무들 사이를 펄럭이며 달아나기는커녕 급강하했다. 그날 이후 강아지는 엽조들의 소리와 구별되는 그 휘익 소리로 부엉이의 움직임을 예상할 수 있게 되었다. 부엉이가 날개를 활짝 펴고 미끄러지듯 급강하할 때는 무조건 피해야 한다는 사실도 알았다.

어느 날 아침엔, 그가 수달이 남긴 물고기를 찾으려고 물가에 서 있었을 때 돌들이 움직였다. 몸을 일으키려 할 때는 이미 뒷다리 하나가 끼어 있었다. 한참 낑낑거린 후에야 겨우 몸을 빼낼 수 있었다. 한바탕 강렬한 고통이 지나간 후였다. 돌들이 무너질 수도 있다는 사실은 부엉이의 질책보다 더 오래 지속되는 교훈이었다.

그는 절뚝거리며 깡충깡충 세 다리로 걸었다. 상처 부

위가 아파왔다. 그의 꼬리는 흐느적거렸다. 절름발이가 되지는 않았지만, 상처를 자주 핥던 뒷다리 관절에 혹이 생기고 말았다. 비가 내리기라도 하면 통증이 느껴졌다. 강아지는 점차 그것에 익숙해졌다. 그 고통은 마치 혹처럼 그의 일부가 되었다.

돌들 외에도 자신을 드러내지 않는 위험이 곳곳에 도사렸다. 강아지는 절대 얼빠진 채로 정신을 팔며 새끼 강아지처럼 느릿느릿 걸어 다니지도 않았다. 탁 트인 공간을 건너갈 때면 귀를 쫑긋 세운 채 몸을 웅크리고 재빨리 움직였다. 목초지에 여름 더위가 드리워지고 아침 새 소리가 잦아들 때쯤, 강아지는 종종 날렵한 개의 모습으로 자작나무나 마가목 옆에 서 있곤 했다. 눈꼬리가 비스듬히 올라간 그의 어두운 얼굴에 나뭇잎들이 그림자를 드리웠다. 그는 두 눈빛이 존재감을 뿜어낸다는 것을 알았던 것이다. 강아지는 바스락거리는 사시나무도 피했다. 귀를 기울이는 데 방해가 되었기 때문이다. 또한 이른 아침에 생선 찌꺼기를 발견할 때 빼고는 급류가 흐르는 호숫가 연안도 피했다.

●

　조금씩 더 자주, 강아지는 무스의 자취를 따라갔다. 딱히 목적이 있는 것은 아니었지만 꼭 그래야만 할 것 같았다. 그의 간절함에 비하면 방향도 없고 목표도 없었다. 그 때문에 강아지는 늘 헤맬 때가 많았다. 그러나 그는 냄새를 맡으며 자신이 너무나 잘 알고 있는 오두막 근처의 작은 세계로부터 습지며 목초지, 그리고 호수 연안까지 점점 더 멀리 나아갈 수 있었다. 이끼로 뒤덮인 바위투성이의 지형, 큰 뇌조들이 사는 컴컴한 숲, 그리고 어둡고 낯선 호수의 늪지대로 가는 길을 찾아내기도 했다.

　머리 위로 대머리수리 한 마리가 꽥꽥거리고 있었다. 강아지 주변에는 항상 소란이 끊이질 않았다. 새들이 강아지 앞으로 날아오르며 오래도록 울려 퍼지는 날카로운 울음소리를 냈다.

강아지는 풀밭으로 코를 들이밀고 가까워지는 울음소리에 가만히 귀를 기울였다. 하지만 이내 울음소리가 사라지면서 곧바로 그는 길을 잃고 말았다. 지금은 알 속에 새의 작은 몸뚱이가 들어 있을 시기였다. 그러나 대부분은 껍질만 남아있을 뿐이었다. 강아지는 알껍데기에는 관심이 없었다. 호숫가에서 부화한 새끼들은 물속으로 안전하게 도망쳤고, 그럴 때면 매끄러운 수면 위에 잔물결들이 일었다. 어느 한번은 그들의 뒤를 따라 물속으로 뛰어 들어간 적도 있었다. 하지만 발이 바닥에 닿지 않았다. 허둥거리며 발을 저어 보았지만, 아무리 목을 길게 늘여도 살아 있는 생명은 모두 모습을 감추었었다. 그는 육지로 올라와 단호하게 몸을 흔들어 물을 털어내고는 뒤도 돌아보지 않고 달아났었다.

●

무스 길을 따라가는 동안, 강아지는 습지에서 그리 멀지 않은 곳에 있는 작은 호수를 우연히 발견하고는, 매일 그곳을 들려 몸을 웅크리고 앉아 있었다. 둥근 모양의 작은 호수는 큰 호수 근처에 있었다. 울창한 가문비나무 숲을 지나는 개천 하나가 그 작은 호수로부터 큰호수로 시냇물을 흘려보내고 있었다. 커다란 호수는 바다나 다름없었다. 절대 잠잠하지 않았다. 언제나 쉬지 않고 움직이는 차갑고 푸른 물이었다.

비버들은 개울에 댐을 만들었다. 가파른 둑을 따라 가문비나무들과 작은 소나무들이 노란 잎을 떨구었다. 어딘가에서 비버의 냄새가 강하게 풍겼다.

저녁이 되자 가파른 둑에 저녁노을이 내렸다. 강아지는 시로미 덤불과 월귤나무의 빽빽한 수풀에 한참 동안 가만히 누워 있었다. 그럴 때면 이따금씩 비버의 머리가 물 위를 똑바로 가르며 지나가기도 했다. 강아지는 항상 비버들을 눈으로 쫓았지만, 그들의 움직임에 동요하지는 않았다. 가까이 다가가는 것 자체가 불가능했기 때문이다.

비버들이 뭍으로 올라오는 통로에서는 강한 배설물 냄새가 진동했다. 그곳에는 생선 조각 하나, 깃털 하나 없었다. 비버들은 껍질을 벗긴 나뭇가지들만 사방에 요란하게 두고 떠났다.

강아지는 크고 납작한 꼬리로 물을 튀기는 그 소리를 좋아했다. 나무를 갉아 먹는 소리가 들려오기도 했다. 비버들은 자기들밖에는 없다고 생각하는 듯했다. 강아지는 그들을 볼 수는 없었지만, 그들이 튼튼한 턱으로 잔가지를 뚝뚝 부러뜨리는 소리를 들을 수 있었다.

해가 낮게 하늘에 걸렸다. 햇볕은 더는 따뜻하지 않았다. 강아지는 가문비나무 몸통 사이에서 노닐고 있었다. 그는 비버들과 같은 저녁 햇살 아래, 반사되어 빛을 발하는 어두운 물가에 있었다. 강아지는 그들이 만들어내는 소리와 그들과의 교제를 좋아했다.

재빠르게 움직이는 소리 하나가 갑자기 그의 털을 빳빳하게 세웠다. 그는 무거운 궁둥이와 뒷다리에 잔뜩 힘을 준 채 고개를 낮추었다. 저 아래 따뜻한 풀밭 사이를 지나가는 오직 하나의 뚜렷한 소리만을 강아지는 기다릴 뿐이었다. 바로 그것은 들쥐였다. 저기 어딘가에서 눈을 깜빡이며, 갈색의 털끝 하나하나가 송연한 채로 숨어있었다. 강아지는 냄새를 놓치지 않기 위해 호수의 바람이 초원 사이로 불어오고 목초지가 바람에 부풀어 오르는 가운데서도, 움직이지 않았다. 위아래 할 것 없이 소리가 어지럽게 뒤섞인 가운데 그는 들쥐의 움직임만을 쫓았다. 강아지는 지치지도 않았다. 들쥐는 풀밭 사이로 총총 이동하고 있었다. 방심하지 않은 채 꼼짝않고 있다가도 이내 다시 움직였다. 강아지의 귀는 거칠고 노란 바곳 줄기들 밑 어딘가에 멈추어 선 들쥐를 결코 놓치는 법이 없었다.

카우 파슬리가 희미하게 흔들렸다. 들쥐는 분명 거기서 나온 것이다. 강아지는 일격을 가할 태세로 코를 벌름거리며 순식간에 풀 속으로 뛰어들어 단숨에 들쥐를 덮쳤다. 그의 앞발에서 광분한 들쥐가 꿈틀거리더니 이내 그의 다리 사이를 살살이 훑고 지나가 버렸다. 강아지의 발톱이 두 번 더 파고들자 들쥐는 다쳐서 도망칠 수가 없게 되었다. 작고 따뜻한 몸뚱이는 이내 그의 턱 사이에서 축 늘어졌다. 강아지는 숲 가장자리에 있는 가문비나무 밑에 엎드려, 앞니로 부드러운 털이 다 찢겨나 갈 때까지 물어뜯었다.

강아지는 이제 유난히 배가 고프지는 않았다. 목초지는 들쥐로 가득했고, 다소 서투르지만 그것들을 찾아내는 데에 이젠 능숙해졌기 때문이다. 그는 아침 몇 시간 동안 사냥을 하고는 들쥐들을 한참 동안 천천히 먹어치웠다.

●　·

호수에서 강한 바람이 불어와 가문비나무 꼭대기에는 약간의 폭풍우가 일었다. 바람에 바스락거리는 목초지에서는 자작나무 묘목들이 찐득찐득한 풀밭 여기저기서 싹을 틔우고 있었다. 흰 벼룩들이 그의 시야를 가로지르며 빙빙 돌아다녔다. 눈꺼풀이 무거워지면서 졸음이 쏟아지는 가운데 강아지는 자기가 너무도 잘 아는 목초지를 응시했다. 나비들이 얼룩덜룩 수를 놓고 대기는 꽃가루로 가득한 곳이었다. 나비는 맛이 별로 없었고, 호박벌은 입속에서 침을 쏘았다.

아침이면 암 여우가 찾아들었다. 암 여우는 보통 강아지보다 먼저 그 곳에 와 아지랑이에 둘러싸여 들쥐 사냥을 했다. 강아지가 돌진하기라도 하면 여우는 이내 낮은 포복으로 풀밭을 달려 사라져 버렸다.

강아지는 호수 어귀의 언덕에 누워 암 여우의 소굴을 내려다보았다. 암 여우의 새끼들은 종종 햇볕을 쪼이기 위해 기어 나왔다. 그들은 새의 날개를 두고 으르렁거리며 싸우곤 했다. 때때로 소굴 밖에 음식 찌꺼기가 있었지만 강아지는 절대로 그곳에 내려가지 않았다. 그와 여우 사이에는 그들을 갈라놓는 그 무언가가 있었다.

목초지는 이제 강아지의 차지가 되었다. 풀들이 그의 졸린 시선 아래에서 웅성거리며 출렁였다. 어린 산토끼를 잡아먹은 날 이후로 그의 몸에 변화가 찾아왔다. 몸에 피가 돌더니 온기를 되찾았다. 그 온기는 꽤나 오래 지속되었다.

사냥은 순식간에 벌어졌다. 어린 토끼가 양치류 덤불 속에서 바스락거렸다. 단 한 번의 도약으로 강아지는 그 토끼를 덮쳤다. 비릿한 피 냄새와 달콤 쌉쌀한 풀 내음은 한참동안 그를 흥분시켰다.

다 자란 산토끼들은 서로서로 거리를 두었다. 얼마 전까지만 해도 강아지는 그것들이 거대하다고 생각했었다. 새끼였을 무렵, 토끼들이 딱딱한 눈 표면 위에서 껑충껑충 달리고 있을 때면, 그는 가문비나무 뿌리 옆에 가만히 서서 그들을 바라만 보았다. 그때 강아지는 자신이 안전하다고 느끼지 못했었다.

산토끼와 같은 존재들이 더러 있었다. 덩치는 작지만 두려운 것들이었다. 먹잇감을 송곳니로 채 물어뜯기도 전에 죽음의 냄새가 났다. 공포가 풍기는 악취였다. 풀밭의 뇌조 새끼들은 혹시라도 잡힐까 봐 공포에 떠는 유리 눈을 하며 삐약삐약 총총걸음으로 걸어 다녔다. 덩치가 큰 새들, 덤불에서 펄럭거리는 검은 새나 갈색 점박이 새들도 매한가지였다. 오랫동안 강아지는 부엉이의 단단한 날개를 떠올리며 감히 그들을 사냥하지 못했다.

강아지는 근육질의 성견으로 자라나고 있었다. 그의 내면에서도 무언가가 끊임없이 자라났다. 그것은 목적의식이었다. 입안에 피와 온기를 가득 채우는 일이었다. 계속해서 채우는 일이었다. 그리고 바스락거리는 소리를 한 번에 덮치는 일이었다. 이제 그의 몸은 거의 다 자라 단단했다. 무엇이든 타격할 수 있었다. 어둠 속에서 바스락거리는 그림자보다도 강했다.

●

따뜻한 밤이 되자 각다귀들과 검은 파리들이 날아왔다. 그것들은 그를 괴롭혔다. 그 고통은 결코 그의 일부가 못 되었다. 강아지는 도망쳤지만 곤충들이 그를 따라잡지 못하는 곳은 없었다. 파리들이 눈에 살금살금 들어가고, 각다귀들은 그의 배털 속에 자리 잡았다. 강아지는 그들이 남기고 간 부어오른 자리들을 핥았다. 그리고는 그들을 피해 다녔다. 오로지 바람만이 고통을 달래주었다. 바람 소리는 또한 따뜻한 밤의 일부였다. 그는 각다귀와 파리가 휩쓸려가도록 바람 부는 산비탈에서 잠을 청했다. 하지만 낯선 지형이 그를 불안하게 만들었다. 거센 바람에 모든 소리가 묻혔기 때문이다. 강아지는 초조함을 감출 수 없었다.

아침이 되어 사냥하기 위해 목초지로 내려왔을 때 연기 냄새만이 공중에 맴돌고 있었다. 짙고 생소한 냄새들이 돌풍에 실려 왔다. 강아지는 호숫가로 내려가 수색하기 시작했다. 돌들 위로 물고기의 피가 묻어 있었다. 은여우가 다녀갔다면 작고 뻣뻣한 물고기를 발견할 수 있을지도 몰랐다. 하지만 강아지가 발견한 것은 비닐로 된 소시지 껍질이었다. 비록 씹기는 힘들었지만 그 유혹을 뿌리칠 수는 없었다. 강아지는 차가운 캠프파이어 옆에서 어부들이 버리고 간 쓰레기더미를 뒤졌다. 목이 타는 듯이 말랐고, 입안이 화끈거렸다. 강아지는 보트 착륙장 옆에 누워 기름과 그을음이 묻은 발을 깨끗이 핥았다. 그리고 차가운 호수 물을 오래도록 들이켰다.

호숫가에 자라나는 검은 딸기나무 아래로 살아있는 생물체들이 쉬어갔다. 강아지가 숨을 쉴 때면 더운 공기가 목구멍 속으로 들러붙었다. 벌에 쏘인 곳들이 여기저기 부어오르고 있었다. 핥으면 핥을수록 따갑게 타올랐다. 시원한 바람 속으로 탈출하고 싶었지만 바람은 야속하게도 점점 잦아들었다.

●

강아지는 가문비나무 밑에서 꼼짝도 하지 않은 채 보트에 탄 사람들을 살폈다. 그는 그곳을 벗어나고 싶었지만, 숲속 공터의 햇볕이 너무 강렬해서 어쩔 수 없이 물가로 되돌아와야 했다. 낯선 목소리들은 심지어 밤중에도 들려왔다.

강아지는 아직 시원한 밤공기가 남아 있는 이른 새벽녘에 사냥하고, 여전히 고요함이 묻어나는 호숫가로 내려가 물을 마셨다. 흰뺨오리가 먹이를 찾아 잠수하며 부드러운 수면 위로 바르르 떠는 가늘고 긴 수초 줄기들을 끌어 올리고 있었다. 간간이 비버들의 소리도 들렸다. 사람들의 목소리는 비버와 그 새끼들을 언제나 겁에 질리게 했다. 그들의 냄새는 점차 자취를 감추었다. 여우가 이내 자기 소굴로 들어가려고 주위를 헤집는 바람에, 비버의 모든 흔적이 지워졌기 때문이다. 호숫가는 함께 살아갈 수 있는 존재들의 터전이다. 강아지도 그들 중 하나였다. 하지만 그는 늘 초조해하기 일쑤였다. 그의 몸은 곤충들이 옮기는 피부병 때문에 늘 긴장해 있었다. 햇볕이 비추면 불안해졌고, 따뜻한 밤에도 깊은 잠에 들지 않았다. 목초지의 쥐오줌풀이 너무나 밝게 빛나는 바람에 불투명한 종처럼 생긴 꽃들이 마치 하얀 빛을 담고 있는 것처럼 보였다. 좀처럼 잊히지 않는 역겨운 냄새가 났다.

●

  어느 날 아침 강아지는 호수 연안의 가문비나무 아래에서 쥐구멍을 파헤치고 있었다. 그는 잠시 경계를 느슨히 한 채로 이끼 밑에서 나는 희미한 소리에만 집중했다. 바로 그때 사람들의 목소리가 났다. 뒤이어 개 짖는 소리와 함께 나무판자가 삐걱거리는 소리가 났다. 찰싹찰싹하고 물이 튀었다. 나무가 돌에 긁히는 소리가 났다. 오리나무들 사이로 보트에 탄 사람들이 아주 가까이 다가오는 게 보였다.

　사람들은 오리나무의 얼룩덜룩한 그림자 속에 숨어 있는 그의 거무스름한 얼굴을 눈치채지 못하고 뭍으로 올라왔다. 그들은 낮은 목소리로 무심한 대화를 주고받았다. 강아지는 블루베리 더미 속에 몸을 웅크리고 있었다. 아무리 열심히 들어 보아도 그들이 어디에 있는지 확신할 수 없었다. 사람들은 목초지를 쿵쾅거리며 올라가서는 오두막 문을 꽝 하고 닫았다. 그리고는 창문을 열어젖히더니 양탄자와 식탁보를 허공에서 터는 소리가 났다. 강아지가 아는 소리는 하나도 없었다. 그는 어리둥절한 채 머리를 젖히고 귀를 쫑긋 세우며 소리 하나하나에 집중했다. 그들이 무엇을 하고 있는지 알게 되더라도 그는 그것을 이해할 수 없었을 것이다. 도끼로 나무 자르는 소리와 나무 위로 톱질하는 소리, 물통이 달가닥거리는 소리 위로 연기가 뿜어져 나왔다. 그는 냄새들을 예측할 수 없었다. 몇몇 사람들이 그가 있는 풀밭

위로 먹을 것을 던졌다. 그것은 매우 농축된 냄새로 타는 것 같기도 하고 따끔거리는 것 같기도 했다. 강아지는 일단 그 장소로부터 멀찌감치 물러났다. 가만히 누워 있었지만 마음이 동요했다. 다른 모든 동물은 특정한 시기에만 움직였다. 그들은 사냥하거나 먹이를 찾아낸 다음 자기들의 소굴이나 나뭇가지를 찾았다. 그러나 이 오두막집 사람들은 그곳을 떠나지 않았다. 그들이 떠나주기를 기다리는 것은 아예 불가능했다. 잠깐 그들이 조용해지는가 싶었지만 이내 경고나 유예도 없이 소음과 행동이 다시 시작되었다. 숲을 사이에 두고 그들이 초래한 혼란이 벌어지고 있었다. 그들이 나무들 사이를 헤집고 들어올 때마다 강아지는 더욱더 무서워졌다. 그는 자신을 방어할 준비를 단단히 하고 있었다.

날이 밝아올 무렵에야 강아지는 달아날 수 있었다. 다행히도 그때쯤 옆 낚시터에서 돌아온 사내가 오두막 안으로 들어간 뒤 꽤 오랫동안 고요가 찾아왔기 때문이다. 그는 축축한 풀밭에 남아있는 자신의 흔적을 따라 도망쳤다.

　강아지는 배가 거의 땅에 닿은 채로 호숫가의 얕은 입구를 따라 내려가 목초지 옆 키 작은 자작나무 사이로 뛰어들었다. 그는 굳이 쉬운 길을 찾으려고도 애쓰지 않고 헛간 아래의 습한 구역을 가로질러 내달렸다. 그곳은 조팝나무들로 뒤덮여 있었는데, 가지가 부러질 때마다 진한 꿀 같은 냄새가 나는 바람에 어지러웠다.

　강아지는 몹시 목이 말랐다. 밤이건 낮이건 간에 물을 마시기가 너무 무서웠다. 그가 습지를 달려나갈 때 검은 진흙이 튀어 올라 다리를 적셨다. 그는 가문비나무 숲에 다다라서야 서서히 걸음을 늦추었다. 근육의 긴장이 무뎌져 탈진할 때까지 질주했다. 달려온 기억마저 희미해질 무렵, 욱신거리던 목과 폐의 통증도 누그러지고 심장 박동도 한결 안정되어 갔다. 강아지는 날이 밝기 직전에 개울을 발견하고 한참 동안 물을 마셨다. 긴장을 푼 채 간헐적으로 그저 물을 핥기만 했다. 시냇물이 졸졸 흐르는 소리에 정신이 맑아져 왔다. 귓가에 밀려들던 소리도 점차 잦아들었다. 뱃속에 물이 들어가자 그제서야 그의 몸이 편안해지기 시작했다.

●

그는 숲을 헤치고 나아갔다. 새벽은 나뭇가지에 앉아 잠을 청하는 새들을 모두 깨워냈다. 부드러운 날개가 퍼덕이는 소리가 들렸다. 대담한 시베리아 어치였다. 어치들이 너무 가까이 다가오는 바람에 그는 앞발을 휘저었다.

걸음은 점점 느려졌고, 속은 허기지기만 했다. 해가 뜨자 강아지는 둥근 바위에 앉아 잠시 쉴 수 있게 되었다. 햇볕은 털북숭이 가죽을 관통해 지친 그의 몸속까지 스며들었다. 강아지는 간헐적으로 단잠을 잤고, 덕분에 고통이 다소 진정되었다.

그날 강아지는 사냥을 하지 않았다. 주위를 탐색하였지만 먹을 것을 찾아 나선 것은 아니었다. 그가 찾아 나선 곳은 그에게 익숙한 장소였다. 그가 남겼을 법한 흔적의 냄새가 났다. 강아지는 소변 한 방울도 흩뿌리지 않고 경계를 늦추지 않은 채 계속 달렸다. 방광이 가득 찰 때까지 비우지 않고 고통스러운 채로 있었다. 저녁 무렵이 되자, 강아지는 이따금 멈추어서는 귀를 기울였다. 바람에 섞여오는 소리조차도 변해 있었다. 모든 것이 이전과 달랐다.

강아지는 오르막길로 향하는 날카로운 바위들을 기어오르기 시작했다. 그는 자신의 몸무게로 인해 돌들이 움직일까 두려웠지만, 바위투성이인 그 지역을 가로질러 가야만 했다. 그의 몸속 한쪽에 자리한 허기를 익숙한 것들로 채워야만 했다.

강아지는 어디서 멈추든 간에 항상 귀를 쫑긋 세우고 코를 킁킁거렸다. 바람이 실어오는 냄새는 생소했다. 새로 난 벌목 도로, 자갈에 묻은 디젤 기름의 얼룩들, 녹슨 철제 기구들, 플라스틱 용기와 맥주병, 그리고 다이너마이트로 폭파된 돌 더미들이었다. 강아지는 이전에 본 적 없던 자갈과 돌 부스러기들에 발바닥을 베이고 말았다. 결국 그는 그곳을 떠났다.

강아지는 오랜 시간 물가에 서서 시냇물을 마셨다. 발의 통증이 다소 가라앉았다. 흐르는 물이 그의 코를 맑게 해 주었지만 여전히 그가 알아챌 수 있는 냄새는 없었다. 두려움과 혼란으로부터 얻을 수 있는 유일한 안도감은 계속 앞으로 나아가는 것뿐이었다.

●

위로 올라갈수록 공기는 더 신랄했고, 개간지는 거대해 보였다. 강아지는 조각난 나무 파편을 피해 가려고 했지만 쉽지 않았다. 트랙터 바퀴 자국이 도랑처럼 깊이 땅속으로 패 있었다. 머리 위로는 말똥가리 독수리 한 마리가 꽥꽥거리며 날개를 활짝 펴고 미끄러지듯 날고 있었다. 그 새는 강아지가 그곳을 떠나길 원했다. 강아지 역시 그 끔찍한 소음과 머리 위에서 빙빙 도는 공포를 피할 수 있다면 기뻤을 테지만, 정작 찾아 떠날 수 있는 숲은 주변에 없었다.

그 후 며칠 동안 강아지는 개간지에서 사냥했다. 먹이를 추적하는 일은 불가능했다. 지형이 험해 그 어떤 것도 찾기가 힘들었다. 말똥가리가 공중에서 공격을 가할 수도 있었다. 이를 피하려고 강아지는 검은 딸기나무 덤불과 진흙투성이 트랙터 바퀴 자국을 뚫고 애써 나아가야만 했다.

너무도 배가 고팠다. 강아지는 재빠르게 움직이지도 못하는 데다 지나치게 흥분해 있었다. 그는 어린 들쥐 새끼들이 있는 굴을 발견했다. 덤불 밑에서 바쁘게 왔다 갔다 하는 다 자란 동물들 대신, 둥지 안에서 끽끽거리는 새끼들의 소리가 더 크게 들려왔다. 강아지는 배부를 만큼 충분히 먹지는 못했다. 뱃속의 허기가 밀려들었다.

그는 갈라진 지형을 통과하여 달려야 했다. 디젤 오일 냄새가 그가 알던 익숙한 흔적들을 모두 뒤덮고 있었다.

낮에는 개간지에 햇볕이 강하게 내리쬐었다. 강아지는 덤불 더미 옆에서 그늘을 찾아보려고 했다. 트랙터 바퀴 자국에 물이 다 말라붙어 있었다. 갈증이 그를 고통 속으로 몰아넣었다. 한낮에 들리는 유일한 소리라고는 단조롭게 윙윙거리는 말파리 소리뿐이었다. 그것은 뜨거운 대기 속에 파묻힌 몽롱한 소리에 불과했다. 말똥가리 독수리는 한낮에는 나타나지 않았다. 덕분에 강아지는 마음껏 돌아다닐 수 있었다.

어느 날 밤 강아지는 갈증에 못 이겨 희미한 달빛에 의지해 먼 길을 걸었다. 건조한 땅에 코를 들이박았지만 이내 쓰레기뿐이었다. 그는 마치 무엇인가에 쫓기기라도 하는 것처럼 불안감을 자주 느꼈다.

냄새를 맡을 만한 바람도 불지 않았다. 강아지는 추격

자를 탐지하기 위해 자주 고리 모양으로 걸었다. 배고 픔과 갈증 때문에 그의 근육은 쉽게 지쳤다. 때때로 피곤함이 엄습하여 둥근 바위에 몸을 웅크리고 싶었지만, 무엇인가 있을 거라는 강박관념이 그를 앞으로 밀어붙였다.

●

어둠이 걷히자 붉은 덤불 더미가 모습을 드러냈다. 강아지는 어디에선가 흐르는 물소리를 들었다. 개울의 물이 돌 사이에서 잔물결을 일으키는 소리였다. 그는 총총걸음으로 출발했다. 공기가 사뭇 달랐다. 새벽녘이 되자 이곳저곳에서 새소리가 들리기 시작했다.

강아지는 졸졸 흐르는 물가로 달려갔지만, 사방이 탁 트인 곳에서 한가롭게 물을 마실 수는 없었다. 몇 개의 바위틈 사이를 거슬러 올라 시냇물이 흐르는 지점까지 나아간 끝에, 그는 비로소 안전한 장소를 발견할 수 있었다. 그곳에서 강아지는 갈증으로 인해 타오르는 목구멍이 충분히 가라앉을 때까지 차갑고 반짝이는 물을 핥아 마셨다. 바람이 새소리와 솔잎 향기를 실어 나르고 있었다. 숲이 가까이 있었던 것이다.

강아지는 더 나은 쉼터를 찾기 위해 개울을 따라 살금살금 걸어갔다. 그는 이제 숲 냄새를 쫓아 상류로 가고 있었다. 갑자기 바람이 시냇가의 덤불을 건드리며 반대 방향으로 불어오기 시작했다. 나뭇잎에서 요란한 소리가 들리자 그는 불안해졌다. 포식자의 냄새가 코를 찔렀다. 귀에 나 있는 털 무더기가 파르르 떨렸다.

그것은 눈을 크게 뜬 채로, 그가 물을 마시기 위해 처음 들렀던 바위에서 그를 내내 지켜보았다. 그리고는 반대 방향을 향해 개울을 건넜다. 커다란 발자국이 시냇가의 축축한 모래톱에 선명한 자국을 남겼다.

강아지가 커다란 파란 방가지똥 밑단을 밟았을 때 가

지가 뚝 부러지는 소리가 났다. 새들이 비명을 지르며 날아올랐다. 그는 한참 동안 산등성이를 따라 내달리며 귓가에 파도처럼 몰아치는 새들의 울음소리를 들었다. 바람이 불어와 가문비나무 높은 곳에서 노래를 부르기 시작했다. 그는 밀려오는 바람에 피가 솟구쳐 미친 듯이 날뛰었다. 낯선 포식자의 냄새를 떨쳐내려는 것 같았다. 그의 몸은 본능적으로 그것을 알고 있었다. 그는 오로지 달리고 또 달렸다.

●

먼 호수 위까지 아비새의 울음소리가 들려왔다. 허공을 맴도는 그 소리는 마치 흔들리는 리본과도 같았다. 강아지는 때때로 가파른 둑으로 되돌아갔지만, 어느 한 곳에 머무르는 것은 아주 드문 일이었다. 이제 그는 산책가 겸 방랑자가 된 셈이었다. 버려진 목초지에는, 들쥐들이 바스락거리는 빽빽한 풀밭도 없었다. 강아지는 굶주림에 시달렸다. 그는 매일 긴 거리를 이동하였다.

그는 어지러워 자주 쉬어야만 했다.

  강아지는 매일매일 이 새로운 삶에 적응해 나갔다. 어느 날 그는 숲속에서 암컷 뇌조와 그 새끼들을 발견하고는 넓은 원을 그리며 재빠르게 달려서 새끼의 목을 앞발로 움켜쥐고 깨물었다. 퍼덕이는 날개와 경련을 일으키는 몸이 그를 흥분시켰다. 그의 턱이 다시 단단히 조여지고 있었다. 그의 이빨이 깃털을 뚫고 따뜻한 살에 박히자 비릿한 피 맛이 났다.

  강아지는 사냥감 새들은 거의 잡지 못했다. 가문비나무 기슭에서 쿵쿵거리며 새끼 쥐들을 잡아내는 것이 고작이었다. 강아지는 새벽녘 습지를 가로지르며 안개 사이로 성큼성큼 달렸다. 그는 자신의 발자국을 도로 가로질러 돌아왔다. 하지만 그곳에는 자신의 옛 표시가 남긴 냄새만이 그루터기에 희미하게 남아있었다. 아비새들이 숨어있는 곳에서 그는 멈추어 서서 귀를 기울였다. 그는 산등성이를 거니는 동안 멀리서 그들의 울음소리를 들었었다. 그 때문에 다시 돌아오고 싶었던 것이다.

강아지는 굶주림이 강요하는 것 이상으로 더 멀리까지 헤치고 나아갔다. 그는 너무 지쳐 나가떨어지지 않도록 일부러 성큼성큼 뛰었다. 산속 우거진 숲에 이르렀을 때는, 꽃이 피는 방가지똥풀 밑에서 나그네쥐가 움직이는 소리를 들었다. 그것들은 비교적 잡기가 쉬운 먹잇감이었다. 앙상한 살갗을 물기라도 하면 이내 절룩거렸기 때문이다. 강아지는 배가 고프면 그들을 삼켜 버렸지만, 그렇지 않을 때는 그냥 내버려두기도 했다. 그들 중 몇몇은 도망가지 않고, 궁둥이를 대고 앉아 격하게 울어댔다.

강아지는 햇볕에 잘 익은 야생 호로딸기를 따먹었다. 새벽이 되면 그는 습지에 나와 있는 사냥감 새에게 몰래 다가가 보기도 했지만, 이렇게 탁 트인 지형에서는 아무것도 잡지 못했다. 다만 그들을 놀라게 하여 쫓아낼 뿐이었다. 그는 배가 무거워질 때까지 젖은 야생 호로딸기를 게걸스럽게 먹어치웠다. 여우들이 먹이를 찾아 이곳에 다녀갔다는 것을 그는 알고 있었다.

산비탈 위까지 높이 올라가자, 그동안 회피했던 또 다른 냄새가 났다. 그것은 습지 토양에 거대하고 깊은 흔적을 남기는 강렬한 냄새였다. 이 냄새 때문에 그는 방향을 바꾸어 될 수 있는 한 멀리 도망치고 말았다. 자작나무 산등성이의 마른 땅에는 바람이 더 많이 불었다. 검은수염 이끼가 자작나무들 틈에서 펄럭거리고 참새발고사리와 방가지똥풀이 바스락거렸다. 돌풍이 불어닥치기라도 하는 날에는 좀처럼 바람이 잔잔해지지 않았다. 어느샌가 산을 넘어 불어온 바람이 눈 소식을 알렸다.

●

어느 날 강아지는 나무 하나 없는 비탈을 오르고 있었다. 잔풀로 뒤덮인 땅이었다. 바람이 연신 귀를 밀어 재끼며 그를 불안하게 했다. 오직 새들의 지저귀는 소리만

들려왔다. 갑자기 뇌조 한 마리가 날개를 펄럭이며 허공을 찢고 튀어나와 그를 깜짝 놀라게 했다. 강아지는 난쟁이 자작나무 수풀과 버드나무 뒤에 숨어 귀를 기울였지만, 뇌조는 늘 뜻하지 않은 방향에서 튀어나오는 바람에 결코 잡을 수가 없었다. 강아지는 그로 인한 좌절감마저 느끼며 애를 태웠다.

강아지는 짓밟힌 배설물로 얼룩져 있는 넓은 눈밭에 이르렀다. 눈은 거친 데다 구멍이 숭숭 뚫리거나 움푹 꺼져 있었다. 그는 바닥에 떨어진 순록의 털 냄새를 킁킁거리며 맡고는 눈을 먹어치웠다. 왠지 새하얀 벌판을 걷기가 두려웠다. 귓전에 포효하는 바람 때문에 정신이 혼미해졌기 때문이다. 급기야 귀가 먹먹해져 주위를 믿을 수 없게 되자 그는 몸을 돌려 성큼성큼 달려 내려가기 시작했다.

그날 밤 강아지는 숲으로 되돌아와 처음으로 마주친 커다란 가문비나무 밑에서 잠을 잤다. 낮이 짧아져 벌레들이 그를 괴롭히지는 않았지만, 아침에 일어나자 몸이 뻣뻣했고 뒷다리의 복사뼈 마디마디가 아파 왔다. 습지 위로 서리가 얼어있었다. 그는 너무 익어 느글거리도록 달콤한 호로딸기의 냄새를 찾아서 주위를 둘러보기 시작했다. 풀잎은 하나같이 가루투성이였다.

●

강아지는 날이면 날마다 고개를 숙인 채로 길게 뻗은 길을 달리곤 했다. 등 뒤에서 불어오는 산바람이 자신의 냄새를 앞쪽으로 실어 나르는 바람에, 앞에 숨어있는 것들은 그것이 무엇이든 찾아내는 것이 불가능했다. 그러나 사냥을 하는 것은 아니었기 때문에 그는 아무런 주의를 기울이지 않았다. 그의 앞발은 벌목을 위해 만든 산등성이 도로에 깔린 자갈에 익숙해졌다. 그의 발바닥 볼록살은 단단하고 매끈해졌으며, 발톱은 닳아빠져 있었다.

강아지는 서리가 내리기도 전에 산허리에서 불어오는

날카로운 바람을 맞자마자 왔던 길로 돌아섰다. 그때부터 그는 새벽에만 사냥했다. 아무것도 잡지 못했어도 다시 또 달리기 시작했다. 그를 몰아붙이는 것은 굶주림보다도 더 강력한 무엇이었다.

강아지는 개울에서 물을 마신 후 가문비나무 아래서 잠시 졸곤 했다. 결코 오래도록 잠드는 일은 없었다. 그는 곧 길을 나서고 있었다. 다만 어디로 향하는지 알 수는 없었다. 강아지 내면의 감각이 그가 먼 산 위의 작은 호수 위로 울려 퍼지는 소리보다도 더 강렬한 무언가를 향해 달려가야 한다고 말해주고 있었다.

모든 날이 달리기에 유리하고 또 힘이 넘치는 날들은 아니었다. 강아지는 가끔 혼란에 빠지곤 했다. 자신이 사냥을 하는 건지, 아니면 바람 속에 실려 온 무언가를 쫓아가는 건지도 몰랐다. 목적 없이 뛰어다니는 나날이 대부분이었다. 비가 내려 자갈이 깨끗해지고 모래에 이랑이 생길 때면, 그는 벌목로를 피했다.

오랫동안 차가운 비가 계속되었다. 바람은 산 넘어 바다로부터 불어왔다. 구름은 들쭉날쭉한 능선을 회색 안개로 뒤덮으며 사라질 기미를 보이지 않았다. 폭우에 갇힌 새끼 강아지는 구름이 어디서 왔는지, 그리고 또 어디로 가고 있는지 알 길이 없었다. 강아지는 소용돌이치는 물구멍에 갇혀버린 채 비참한 모습이었다. 그의 외피는 흠뻑 젖어 있었다. 닳아빠진 발톱을 오므리고 팽팽히 부푼 배를 아무리 말아 누워도 밤새 추위로 부르르 떨어야 했다. 냉랭하고 불쾌한 습기로 인해 어느새 뒷덜미가 아파왔다.

비가 많이 오지 않을 때 강아지는 자로 잰 듯한 일정한 속도로 달렸다. 마치 끈질기고도 생경한 안개와도 같은 고통과 굶주림, 그리고 혼란에서 벗어나려고 그는 마구 달렸다.

낮이 되자, 먹잇감을 급습했던 녀석은 가문비나무 위에서 꾸벅꾸벅 졸고 있었다. 들쥐를 사냥하던 녀석은 습지 가장자리에서 쉬어갔고, 짹짹거리며 퍼덕이던 작은 녀석들은 나무 위에서 분주히 뛰어다녔다. 각자가 자신이 속해 있는 곳에 머물러 있었다. 그들은 자기 영역에서 원을 그리며 퍼덕이고 돌아다니다가도 언제나 제자리로 돌아왔다. 그러나 강아지는 계속해서 달렸다.

어느 날 밤 강아지는 뿌리와 돌들이 뒤섞인 벌목길 근처에서 잠을 잤다. 그의 이빨 사이에는 라즈베리 씨앗이 끼어 있었다. 이윽고 그는 모든 소리를 얼어붙게 하는 차가운 안개에 휩싸였다. 추위에 몸이 뻣뻣해졌다. 그는 몸을 한껏 웅크렸다. 새벽녘이 되자 바람이 안개를 들어올리며 그의 잠을 관통했던 복잡다단한 냄새들을 실어날랐다. 발이 아파왔다. 그는 마치 새끼강아지처럼 훌쩍이기 시작했다. 잠에서 깨어나자 강아지는 바람을 맞으며 선 채로 냄새를 맡았다. 모두 그의 것이었다. 그것은 얼간이 아비새의 냄새보다 훨씬 더 강렬했다. 그는 단숨에 달려나가 오줌을 싸고 개울을 찾아 물을 마셨다.

강아지는 마지막 안개구름이 사초석풀 위로 피어오르기 전에 목초지 위에 있는 습지에 도달했다. 서리가 내린 뒤였다. 우묵이 패인 시커먼 구멍들엔 빗물이 흠뻑 고여 있었다. 강아지는 코를 킁킁거렸다. 모든 것이 익숙했다. 그의 앞발은 땅의 모든 돌출된 부위들을 알고 있었다. 그 어떤 것도 그를 놀라게 하지 않았다. 그의 흔적들은 여전히 헛간의 그루터기에 남아있었다. 그는 그것에다 또 한 번 오줌을 뿌렸다. 모두 그의 것이었지만 그는 다시 영역표시를 할 필요를 느꼈던 것이다.

강아지는 배가 고팠지만 사냥할 기분이 아니었다. 젖은 풀숲에는 토끼의 냄새가 감돌았다. 제법 신선한 그 냄새를 구태여 따라가지는 않았다. 그는 먼저 자신의 구역표시를 해야 했다. 강아지는 땅에 코를 대고 원을 그리며 달렸다. 많은 것들이 이 풀밭을 지나쳐 갔다. 거대한 회색 동물들이 커다란 발자국을 남기기도 했다. 그들은 왕포아풀의 줄기들을 부러뜨리며 습지를 담요처럼 덮은 녹색 나뭇잎들을 밟고 지나갔다. 그리하여 이제는 그 나뭇잎들이 갈색으로 변하기 시작했다.

●

이야기는 그의 내면에 생생히 살아있었다. 그것은 불꽃처럼 타올라 어두운 밤이면 번쩍이며 날갯짓을 했다. 기억하는 것과 잊는 것은 똑같이 어둡고 비밀스러운 깊이를 지니고 있었다. 진흙더미에서 무언가가 소용돌이쳐 올라오더니 이내 가라앉았다. 곧 잊어버릴 테지만 그는 그것이 무엇인지 생생히 알고 있었다. 강아지는 배회했다. 그는 망각의 갈색 진흙더미 위를 맴돌며 한 줄기 기억 속에서 헤매고 있었다. 날카로운 발톱을 세우고 몸을 바닥으로 낮게 웅크린 팽팽한 자세로 얼굴을 돌려 코를 쿵쿵거렸다. 호수가 바위틈에서 부드럽게 리듬을 타며 일렁이자 익숙한 기억이 밀려왔다가 이내 사라져버렸다.

목초지에는 굵고 거친 줄기와 갈색 나뭇잎들, 빛바랜 거친 초목들이 그의 귓전을 스치는 바람결에 바스락거렸다. 습기가 차서 역겨울 만큼 달콤한 썩은 냄새가 진동했다. 들쥐들은 축축하게 젖어 무거워진 풀 속에서 천천히 움직였다. 강아지는 그들의 소리를 듣고 있었다. 그의 귀는 빈틈을 주지 않았다. 따뜻한 피가 도는 오므라진 연골 위로 고운 솜털이 파르르 떨리고 있었다. 그는 바람이 실어오는 가깝고도 멀리서 나는 소리들을 모두 잡아냈다. 기억 속에 자리 잡은 소리들이 누덕누덕 들러붙었다.

봄과 여름 내내 이질풀이 목초지에서 꽃을 피우는가 하면, 하늘거리는 노란 바곳과 별꽃 무리들이 모두 태양을 향해 돌아섰다. 태양은 그것들을 통해 물을 보내고 소금과 영양분을 만들어 냈다. 그들은 햇볕 안에서 몸을 데우고는, 해가 지고 나면 잠이 들었다.

하지만 강아지는 그의 태양을 자기 안으로 실어 날랐

다. 그의 내면 깊은 곳에는 하나의 핵심이 존재했다. 그것은 그의 태양이다. 심지어 어두운 밤에도 태양은 그와 함께 있었다. 그리하여 그는 서리가 내리는 아침에도 습지로 나가거나 필요로 하는 것을 찾으러 계속 돌아다닐 수 있었다.

●

날이면 날마다 산에서 연일 돌풍이 불어와 공기가 한층 맑아졌다. 강아지는 헛간 뒤편에서 이리저리 뒹구는 동안 바람이 그를 깨물고 지나가는 것을 느꼈다.

습지에 사는 들쥐들은 행동이 너무 느린 탓에 도망치기가 어려웠다. 강아지는 대부분의 시간을 목초지를 헤집고 다니며 보냈다. 바람이 불자 가문비나무 숲에서 커다란 휘파람 소리가 들려왔다. 그는 목초지 너머에서 무슨 일이 일어나고 있는지 제대로 알지는 못했다. 수많은 소리에 둘러싸여 어느새 자신의 기억이 무디어졌던 것이다. 하지만 그는 호수의 연안만큼은 피했다.

서리가 내린 아침에는 멀리서 나는 소리까지 들을 수 있었다. 예민한 개들은 하나둘씩 짖어댔다. 자동차 문이 쾅 닫히고 나면 엔진소리가 요란했다.

어느 날 아침 멀리서 소총 한 발이 울려 퍼졌다. 강아지는 자동차 소리 이상으로 그 소리를 분간하지는 못했다. 그것은 귓가에 윙윙거리는 소음을 남기며 상쾌한 아침 공기를 산산조각냈다. 바람이 호수를 깨워 수면 위로 길고 어두운 파도를 만들 때쯤, 강아지는 그 총성을 잊어버렸다. 불안한 나날들이 이어졌다. 급류 반대편 세계에서 들려오는 소리는 날카로웠고, 때때로 갑작스러웠다. 저쪽에 있는 개들은 뭔가를 알고 있는 게 분명했다.

습지 너머 뇌조가 사는 울창하고 작은 늪에서도 평화는 흐트러지고 말았다. 한 살배기 새끼 무스 한 쌍이 높은 지대로 가는 길목에서 습지를 건너고 있었다. 강아지는 어린 수컷 무스가 요란하게 울부짖는 소리를 들었다. 그동안 보지 못했던 더 큰 무스가 암컷을 쫓고 있었던 것이다. 이 수컷은 땅을 발로 구르더니 자기 냄새를 남겼다.

 강아지는 두 방향으로 귀를 기울였다. 이제 그는 밤이나 낮이나 그다지 사냥을 많이 하지 않았다. 그의 힘줄이 팽팽하고 선명하게 일어났다. 종종 강아지는 가만히 서서 고개를 치켜들고 주변의 알아들을 수 없는 소리들을 이해하려고 애썼다. 바위의 젖은 이끼를 걷어차는 발굽 소리, 나무껍질에 뿔을 긁어대는 건조한 소리, 그리고 저 멀리 호수 저편에서 총알이 허공을 가로지르는 소리들을.

●

 새벽이 숲 가장자리에서 부서지고 있었다. 습지 위쪽의 오래된 겨울 잠자리에서 강아지는 발을 핥고 있었다. 오줌을 누거나 물을 마시기 전이었다. 아직은 식별하기에 너무 먼 듯한 소리가 회색 연기처럼 나무 꼭대기 위를 맴돌며 그의 잠을 방해했다.

　그날 강아지는 작은 소나무 숲으로 나가려던 것을 포기했다. 발을 힘껏 핥는 것을 멈추고 잠시 휴식을 취하기가 무섭게 큰 소리가 들려왔다. 강아지는 마침내 늪 가장자리를 따라 헛간 쪽으로 슬그머니 걸어갔다. 그곳에서 몸을 뒤로 젖힌 채 냄새를 맡았다. 습지에서 불어오는 가벼운 미풍에 안개가 피어오르고 있었다. 소리는 제각기 다른 방향에서 들려왔다. 그 소리는 점점 더 자주, 크게 들리는 것 같았다. 산등성이 위로 뭔가가 있는게 분명했다. 그는 그것이 무엇인지 알아채지 못했고, 또한 그것의 냄새를 포착할 수도 없었다.

　바로 그때 여우가 빠른 걸음으로 습지대를 곧장 가로질렀다. 강아지는 여우가 도망치고 있다는 것을 알아차렸다. 그래서 곧바로 일어나 헛간 뒤로 움직였다. 하늘에는 갈까마귀 한 마리가 높은 소리로 울어대고 있었다. 그 새는 무언가를 본 모양이었는지 소리를 질렀다. 강아지는 그 소리에 귀를 기울이며 개간지 쪽으로 미끄러져 내려갔다. 그는 빠른 걸음으로 그곳을 건너기 시작했다. 바람이 일기 시작하고 있었다. 강아지는 비버가 사는 산 속의 작은 호수에 도달할 때까지 멈추지 않았다. 주변이 고요했으나 그가 신뢰하는 적막은 아니었다. 그는 작은 호수 위 능선에 서서 새들이 소란을 피우는 소리를 가만히 들으며 변덕스러운 아침 바람이 숲 가장자리로부터 위험한 냄새를 실어 올때까지 기다렸다. 그때 그의 예민한 코에 살을 에는 냄새가 다가왔다. 그것은 연기 냄새였다. 강아지는 꼬리를 돌려 달아났다.

오전 내내 그는 탈출구를 찾아 달렸다. 그제야 그는 그 소음이 사람들의 소리라는 것을 알았다. 사람들은 그 위까지 올라온 적은 없었다. 그들의 왁자지껄한 소리는 대개 호숫가 가까이까지만 도달하는 정도였다. 그들은 대체로 조용했지만, 이따금 강아지가 알지 못하는 작은 소리로 움직였다. 대부분 날카롭게 가격하는 소리였다. 산토끼들이 급히 지나갔다. 사냥감 새들도 숲을 서둘러 벗어났다. 강아지는 달아나는 내내 사람의 흔적들과 계속 마주쳤던 것을 알아차리고는 과민하리만큼 두려움에 떨었다.

●

검은 개 한 마리가 흥분한 채로 짖고 있었다. 경직된 모습이었다. 가늘게 짖는 그 소리는 시종일관 공중을 부유하며 오르락내리락하고 있었다. 시끄럽고 날카로운 소리가 가라앉는가 싶더니 더 가까이 다가왔다.

강아지는 몸을 돌려 비탈로 올라섰다. 으르렁거리는 소리와 딱딱거리는 소리를 들었다. 강아지는 사내를 본 적이 없었지만, 작은 풀밭 너머의 나무들로부터 짙은 냄새를 맡았다. 그는 다시 방향을 바꾸어 자기가 왔던 길로 되돌아서 달렸다. 개들이 짖는 소리가 귓전에 맴돌았다.

목초지를 건널 무렵 덩치 큰 무엇인가가 달려가는 소리를 들었다. 그것은 커다란 소리로 헐떡이고 있었다. 그는 눈에 띄지 않도록 풀과 나뭇잎 더미 속으로 몸을 낮추었다. 육중한 몸뚱이가 더 가까이 달려오더니 아주 가까운 곳에서 갑자기 멈추어 섰다. 입을 크게 벌린 채 혀를 뻣뻣하게 내민 수컷 무스였다. 숨을 쌕쌕거리더니 들이마시고 이내 뱉어내기를 반복하며 헐떡이고 있었다.

무스와 너무 가까이 붙어 있어서 풀밭에 납작 엎드린 강아지는 그 냄새에 털이 그슬리는 기분이었다. 무스가 호수를 향해 돌진하자 헐떡이는 소리는 점차 멀어져갔다. 나뭇가지와 잡초들이 부러지는 소리만 들려왔다. 그 거대한 몸이 물속으로 풍덩 빠져들었다.

강아지는 무스가 지나간 자리에 눌린 풀밭을 묵묵히 헤쳐나갔다. 호숫가에 이르러 그는 높은 소리로 짖기 시작했다. 거의 울부짖음에 가까운 소리였다. 강아지는 흥분한 나머지 사나워지고 말았다. 수컷 무스가 호수를 헤엄쳐 가로지르고 있었다. 몸을 돌려 헛간 쪽 비탈길을 슬그머니 올라가려고 하는 찰나에 총성이 울려 퍼졌다.

그 소리는 너무도 가까워서, 그의 고막을 아프게 했다.

　잠시 그의 감각이 파열했다. 강아지는 아무것도 기억하지 못했고 위험을 알지도 못했다. 그가 다시 보고 들을 수 있을 때 즈음, 그는 자신이 가문비나무 줄기에 눌린 채 누워 있다는 사실을 깨달았다.

　강아지는 두 방향에서 땅이 흔들리는 것을 느낄 수 있었다. 가문비나무 반대편에서 누군가가 서 있었고, 목초지에서 출발한 암 무스가 비탈길을 내려가고 있었다. 무스의 콧등 주변으로 선명한 피가 흘렀다.

　강아지는 가문비나무 뒤에 있는 누군가가 덜컹거리는 소리를 내는 것을 듣고 깜짝 놀라 도망쳤다. 공포감에 휩싸여 그는 호수의 곶을 향해 돌진하는 무스를 따라 쓰러진 나무 밑으로 살금살금 기어들어 갔다.

　무스를 뒤쫓던 검은 개가 짖기를 멈추고 재빠른 걸음으로 달려갔다. 개가 다가오는 소리를 듣고 무스는 비틀거리는 걸음으로 물가에 다다르려고 애를 썼다. 상처

입은 무스의 폐에서 선명한 피가 터져 나왔다. 호숫가에 다다르자 무스는 털썩 앞으로 고꾸라졌다. 개는 짖어대며 호숫가를 따라 겅둥겅둥 뛰었다. 그렇지 않았더라면 무거운 침묵만이 흘렀을 것이다.

무스는 돌덩어리처럼 물속에 잠겨 있었다. 반짝이는 물살이 그녀의 몸을 부드럽게 씻겨 주었다.

검은 개가 서성거리며 작은 소리로 칭얼댔다. 나무들 틈에서 숨죽이던 새들이 다시금 짹짹거렸다. 마치 새 아침이 밝아온 듯이. 둔탁하게 흐르는 급류와 바람에 부서지는 나뭇잎들이 위로를 전했다.

강아지는 꼼짝도 하지 않고 있었다. 그는 검은 개가 있는 방향에서 불어오는 바람을 맞고 있었기 때문에 그 개가 움직일 때마다 냄새를 맡을 수 있었다. 총을 쏜 사내의 행방도 알고 있었다. 강아지는 오랫동안 아무런 소리도 내지 않은 채, 헛간 밑 비탈에 가만히 서 있었다.

그는 사내가 자신을 향해 움직이는 소리를 들었다. 사내는 몸을 숨기지도 않고 목초지를 건너오고 있었다. 오두막에 도착하자 그 사내는 걸음을 멈추더니 소총을 탁 내려놓았다. 검은 개가 짖어대기 시작했다.

호수 곳을 따라 사내는 천천히 걷기 시작했다. 강아지는 그가 숨 쉬는 소리까지 들을 수 있었다. 그는 바람에 쓰러진 나무 바로 옆에 멈춰 섰다. 그의 강한 체취가 공중에 자욱했다. 이제 그는 물속을 헤치고 나아갔다. 강아지는 뻣뻣한 다리로 살짝 몸을 일으켜 보았지만 감히 도망칠 엄두를 내지는 못했다. 검은 개는 여전히 가까이 있었다.

사내가 말하기 시작했다. 그의 무전기에서 잡음과 삐걱거리는 소리가 났다. 잠시 후 그는 무전기를 자작나무 가지에 매달아 놓았다.

곧 달그락거리는 소리와 바스락거리는 소리가 나더니 연기가 피어올랐다. 불은 두 바위 사이에서 타올랐다. 그 사내는 하릴없이 앉아 내내 소리를 냈다. 숯검정이 눌어붙은 알루미늄 커피포트에서 물이 법석이기 시작했다.

강아지는 바람에 쓰러진 나무 아래 누워 영문도 모른 채 귀만 쫑긋 세우고 있었다. 낚시터에서 들려오는 소리가 밝은 밤에 바람을 타고 그에게 이르렀다. 강아지는 그 소리를 잊지 않았다. 무서운 소리였다. 그는 도망치고 싶었다.

검은 개는 사내의 배낭 옆에서 미동도 하지 않은 채 가만히 앉아 있었다. 짧은 털이 반짝반짝 빛났다. 눈꺼풀은 불을 쬐는 온기로 내려앉았지만 귀는 먼 곳에서 무슨 소리를 듣기라도 하는 것처럼 쫑긋 세우고 있었다.

사람들이 오두막에서 내려오고 있었다. 강아지는 뒤집힌 나무뿌리 쪽으로 살금살금 움직여 몸을 숨겼다. 하지만 다가오는 사내들의 방향이 아니고서는 탈출을

시도할 수 없었다. 그들은 너무 많아서 각각 어디쯤 있는지 정확히 알 수 없었다. 낮은 목소리가 사방에서 들려왔고, 쨍그랑거리는 금속 소리와 성냥불을 긋는 소리가 들렸다. 뻣뻣한 천이 바람에 날리더니 끈으로 휘감겼다.

그들은 다른 개들을 데리고 있었다. 개들은 서로 으르렁거렸다. 모닥불 가에 누워 있던 검은 개가 덥수룩한 귀를 세우며 벌떡 일어났다. 그는 다른 개들을 향해 달려가는 도중에 멈춰서더니 별안간 코를 땅에 댔다. 그리고는 잿빛 강아지의 냄새를 맡았다.

검은 개는 잔뜩 흥분해 날뛰었다. 그가 위험할 정도로 가까이 다가오는 기척이 들자, 강아지는 부리나케 달려 호수의 끝으로 도망쳤다. 자기를 쫓고 있는 검은 개 뒤로 사내들이 소리치며 큰소리로 짖어대는 다른 개들을 몰고 있었다.

강아지는 호수 덤불을 지그재그로 헤치며 나아갔다. 그의 가슴은 공포로 터질 것만 같았다. 계속 달리다가는 절벽에 이르게 될 것이었다. 강아지는 여러 번 물가로 뛰어들었다 헤엄쳐 돌아오기를 반복하다가 마침내 멈춰 서서 검은 개를 향해 사납게 으르렁거렸다. 검은 개도 귀를 젖히며 이빨을 드러냈다. 검은 개는 몸이 무거운 데다 다리도 더 짧아서 쉽게 균형을 잃지 않았다. 그 개는 악랄하게 강아지를 물어뜯으며 목덜미를 노리고 있었다.

강아지는 아직 어린 데다 쇠약했다. 그는 한 번도 싸워 본 적이 없었다. 그러나 지금은 목숨을 걸고 싸우고 있었다. 강아지는 검은 개보다 더 날카롭게 물었다. 두 개는 싸우느라 그들 주위에서 고함치는 목소리를 듣지 못했다. 사내들이 다른 개들을 데리고 지켜보고 있었다. 한 사내가 검은 개의 뒷다리를 잡더니 자기 쪽으로 잡아당겼다. 그러자 곧 검은 폭스하운드는 균형을 잃고 강아지의 앞다리에서 떨어졌다. 다른 사내가 강아지의

가슴을 발로 찼다. 짧고 강한 통증을 느끼며 그는 몸을
둥글게 말고 나자빠졌다.

강아지는 호숫가에 홀로 서서 사내들과 세 마리의 개
들을 마주 보았다. 사내 한 명이 다가왔을 때도 강아지
는 도망가지 않고 윗입술을 뒤로 젖힌 채 목청을 높였
다. 강아지는 탈출할 구멍을 찾으려고 애쓰며 한 명 한
명을 날카롭게 노려보았다. 순간, 그를 매우 혼란스럽게
하는 일이 벌어졌다. 사내 한 명만 남고는 모두가 개들
을 데리고 떠난 것이었다. 사내는 가까이 다가오는 대
신 반쯤 몸을 작게 접고는 무릎을 꿇고 앉았다. 그리고
는 눈도 이도 보이지 않게 고개를 숙였다. 목소리가 흘
러나왔다. 그것은 속삭임이요 혀를 차는 소리였다.

여기 있다가는 무슨 일이 일어날지도 몰라.

강아지는 여전히 겁에 질려 그 일이 딱히 무엇인지는
알지 못했다. 웅크리고 있던 사내가 한 발 한 발 다가올

때마다 강아지의 근육이 팽팽해졌다. 사내는 다시 강아지에게 속삭이고 있었다. 그 소리는 강아지에게 어떤 그리움으로 다가와 그를 나약하게 만들었다. 그는 사내에게 달려가고 싶었지만, 동시에 두려움에 머뭇거리고 있었다.

그리하여 강아지는 엉덩이를 무겁게 깔고 앉아 목 뒷덜미를 긁어대기 시작했다. 그 동작으로 인해 그의 가슴에 통증이 밀려왔다. 얼마 후 그의 몸이 경직되어 있지 않게 되자, 그는 웅크리고 앉은 사내를 물끄러미 바라보았다. 그리고는 몸을 돌려 여유 있는 잰걸음으로 호숫가를 따라 걸었다. 강아지가 시야에서 사라지자, 사내는 일어서서 휘파람을 불기 시작했다. 짧고 높은 피치의 소리였다.

강아지는 멈추어 섰다. 목초지 비탈을 올라가고 있을 때, 그는 사내가 자기를 지켜보고 있음을 알았다. 휘파람 소리는 분명 그를 달래고 어르고 있었다. 마음을 빼앗는 소리였다. 그 사내는 강아지들이 그의 스웨터 소매

와 손끝에 입을 맞추도록 흥분시키는 목소리를 지니고
있었다. 그것은 사라지지 않을 기억이었다.

강아지는 털이 완전히 깨끗해지도록 핥았다. 혀가 닿
지 않는 한쪽 어깨 높은 곳에 아픈 출혈이 있었다. 그는
그것을 앞발로 문지른 다음 발을 깨끗이 핥았다. 만약
그 휘파람 소리가 아니었다면, 강아지는 목을 적시기 위
해 더 먼 곳을 헤매고 있었을 것이다. 침묵 속에 몸을 감
싸면서 비버가 사는 작은 호수까지도 갔을지 모른다.
짧고 높은 피치의 소리가 쉴 새 없이 들려왔다. 그의 가
슴은 발길질을 당해 몹시 아팠다. 그는 오랫동안 가만
히 누워 있고 싶었다. 숨을 쉴 때마다 아팠다.

●

강아지는 사내들이 암컷 무스를 호수에서 끌어올리는
것을 보지 못했다. 하지만 역한 피 냄새와 배설물 냄새
가 바람에 실려 왔다. 사내들이 무스를 짊어지고 목줄을

매단 개들을 데리고 떠나자 강아지도 자리에서 물러갔다. 하지만 이내 다시 돌아와 귀를 기울였다. 이제 귓전에 들리는 것은 나뭇잎이 바스락거리는 소리와 호숫가의 돌에 부서지는 작은 물살뿐이었다.

그가 호수로 내려갔을 때, 가슴팍의 다친 갈비뼈가 아파왔다. 그러나 갈증이 좀 더 세차게 그를 몰아붙였다. 그는 가까스로 호수에 발을 들여놓고 나서 물을 핥았다. 냉기가 온몸에 퍼지는 것을 느끼며 고통을 삼켰다. 무감각 상태로 그는 걸어 나왔다.

그때 다시 휘파람 소리가 들렸다. 강아지는 재빠르게 몸을 돌려 물 밖으로 나오려 했지만, 뻣뻣한 몸으로 비틀거리고 말았다. 일단 가까스로 호수를 벗어나 헛간으로 이어지는 언덕 중간쯤 올라가서야 겨우 뒤를 돌아보았다. 사내는 무스를 잘라 손질하고 있었다.

그는 풀밭에 누워 그 사내가 하는 일에 귀를 기울였다. 대부분이 소리를 내지 않는 일이었다. 이따금 마른

나뭇가지를 꺾거나 통나무를 쪼개거나 연기 사이로 휘
파람 부는 소리가 들리기도 했다.

●

한번은 그 둘이 탁 트인 풀밭에서 부닥친 적이 있었
다. 강아지가 먼저 일어섰다. 사내는 호수의 만 지점에
서 목초지 쪽으로 뻗은 자작나무숲의 가장자리로 걸어
나가며 부드럽게 휘파람을 불었다.

그날 오후 늦게 배 두 척이 와서 사내가 처리하기 좋
도록 도살하여 조각낸 무스 고기를 수습해 갔다. 사내는
불안하게 서성거리다 배를 타고 멀어져갔다. 강아지는
끝내 자신의 모습을 보여주지 않았다. 이윽고 사람들의
목소리와 물속의 노 젓는 소리가 사라지자 강아지는 호
숫가로 내려갔다. 거친 지형에서 사방으로 냄새들이 퍼
져 나가고 있었다. 그는 혼자였다.

무스가 도살된 지점에는 핏자국만이 남았다. 잔해는 없었다. 그는 킁킁거리며 돌아다녔다. 뱃속의 통증이 그의 허기를 일깨워 주었다. 그는 피곤하기도 했고 무엇보다 다친 가슴이 저렸다. 그러나 자신의 몸이 제대로 반응하지 않을 때 무턱대고 목초지에서 사냥할 수는 없는 일이었다. 강아지는 조각들을 핥아 보았지만 먹을 만한 것은 찾지 못했다. 결국 그는 다시 오두막으로 올라가 계단 발치에서 휴식을 취했다. 그리고는 꼼짝없이 누워 어지러움과 허기를 견디어 냈다.

땅거미가 지자 강아지는 다시 뻣뻣한 걸음을 가까스로 옮겼다. 산속에서부터 강한 서풍이 불어왔다. 밤이 되자 바람은 더 강해졌다. 그 강한 바람은 그날의 모든 혼란과 냄새와 시끄러운 소리를 몰고 사라졌다.

마침내 강아지는 사내의 냄새를 맡았다. 사내는 사라지고 없었지만, 그의 냄새는 거기에 남아 있었다. 그가 검은 개와 싸웠던 바로 그 지점이었다. 그는 본능적으로 꼬리를 돌려보려 하였으나 근육이 말을 듣지 않았다. 어디선가 비릿한 피 냄새가 났다. 그는 바위틈 사이로 보이는 어두운 물체를 향해 더 가까이 다가갔다. 바로 그 옆에 먹을 것이 있었다.

고깃덩어리를 집어삼키는 데는 그리 오랜 시간이 걸리지 않았다. 그는 절뚝거리며 자리를 뜨기 전에 모직천 조각의 구석구석에 주둥이를 대고 킁킁거렸다. 익숙한 냄새가 풍겼다.

그날 밤 강아지는 깨끗한 곳에서 잠을 잤다. 호수에서 들려오는 모든 소리, 심지어는 아주 먼 곳에서 나는 소리까지 들을 수 있는 곳이었다. 먹어 치운 고기 때문에 배가 무거웠다. 한참 동안을 자고 일어나니 통증도 가라 앉았다. 새벽녘이 되자 그는 지난밤 모직 천 조각이 있던 곳으로 다시 내려갔다. 잘게 썬 무스의 허파 더미가 놓인 바위 위에 사내가 자신의 재킷을 벗어 놓고갔다. 강아지는 그 일대를 킁킁거리며 돌아다니다가 그가 놓쳤던 찌꺼기 몇 개를 발견하고 주워 먹었다.

그날 저녁, 삐걱거리는 노 젓는 소리가 바람에 실려 왔다. 사내는 배에서 내려 휘파람을 불며 말을 건네기도 했지만 그리 오래 머물지는 않았다. 어둠이 내리자 그는 보트를 호수로 밀어 넣었고, 그 보트는 다시 삐걱거리는 소리와 함께 사라졌다. 강아지는 개간지에 누워 귀를 곧게 세운 채 두 눈으로 그 여정을 쫓고 있었다.

바람을 타고 개간지 쪽으로 먹이 냄새가 훅 올라왔다. 사방이 온통 조용했다. 목초지 주위로 박새가 지저귀고 피리새들이 부드럽게 우는 소리만 들렸다. 바람이 없는 날에도 자작나무 잎들 사이로 시베리아 어치가 날개를 퍼 득이며 날았다. 애스펀 나뭇잎들이 막 떨어질 기세였다.

●

때때로 서리가 내린 아침이면 나뭇잎들이 툭 부러져 내리는 소리가 들렸다. 푸른 잎이 가득 떨어진 호수의 물이 빠지고 있었다. 목초지는 누렇게 시들어갔다. 축축하고 따뜻한 땅 위에 내려앉은 그 무엇이든, 썩어서 흙으로 돌아가고 있었다. 빗줄기가 산 너머 바다에서부터 휩쓸려 왔다. 목초지는 썩어가는 풀과 줄기들로 짙은 고동색의 향연을 펼쳤다.

 귀가 짧은 올빼미가 급습하는 일은 좀처럼 없었고 결국에는 어디론가 날아갔다. 암 여우조차 들쥐를 잡지 않았다.

 강아지의 어깨 상처는 아물었지만 멍든 갈비뼈는 추운 날이면 계속 아파왔다. 그는 먹이가 있는 장소를 지키기 위해 암 여우를 쫓아내야 했지만 대부분의 시간을 가만히 누워 보냈다. 암 여우는 아직 핏자국이 남아 있는 돌들 사이로 뾰족하게 코를 찔러 넣으며 쿵쿵거렸다. 강아지는 갈비뼈의 고통으로 어색하게 움직이는 탓에, 암 여우에게 달려들지 않도록 조심했다. 아울러 암 여우가 경계를 넘어오지 않도록 자신의 모습을 이따금씩 보였다. 그가 머리와 가슴을 들어 올리면, 암 여우는 도망쳤다. 그러나 강아지가 그 지점을 지키고 있지 않는 한, 암 여우는 때때로 돌아올 것이었다.

사내는 매일 오후 늦게 배를 타고 왔다. 며칠 후 그는 먹이 장소를 오두막으로 옮겼고, 잘게 썬 내장을 바깥 계단 아래쪽에 있는 그릇에 놓은 다음, 비에 젖은 재킷을 그 위에 걸쳐 놓았다. 그는 집으로 향하기 전이면 오랫동안 배 안에 앉아 강아지에게 말을 건넸다.

비가 내리는 가운데 여러 날들이 지나갔다. 서리가 짙게 내려앉고 대기가 잔잔하던 어느 날, 이번엔 아침에 배가 들어왔다. 사내는 평소보다 더 멀리 배를 끌어 올렸다. 강아지는 배의 바닥이 축축한 자갈 위를 긁어내는 소음을 쫓아 자신의 두 귀가 쫑긋 세워지는 것을 알아챘다. 사내는 취사장을 지나 오두막집으로 올라갔다. 배낭을 내려놓자 쿵 하는 소리가 고요한 대기 속으로 울려 퍼졌다. 창틀에서는 삐걱거리는 소리가 들렸다. 그는 난로에 불을 붙였다. 그는 진한 커피 냄새가 개간지까지 닿을 것이란 것을 알고 있었다. 하지만 강아지는 나타나지 않았다. 저녁이 되어 사내는 평소와 다름없이 음식을 내놓았다. 이번에는 바로 계단 위에 올려놓았다. 그리고는 오두막 안에서 나오지 않았다.

음식은 아침까지 입도 대지 않은 채로 남아 있었다. 사내는 온종일 목초지를 바쁘게 돌아다녔다. 그는 어린 자작나무를 베어 취사장 유리창의 깨진 창틀을 수리했다. 개간지에는 그 어떤 생명의 기미도 보이지 않았지만, 그는 그 방향으로 휘파람을 보냈다. 그날 저녁 늦게 그는 계단에 음식을 올려놓고 오두막을 나섰다. 현관문도 열어놓았다. 진입로에는 장작더미 외에는 아무것도 없었다. 그는 눅눅한 재킷 옆 바닥에 담요를 깔아 놓았다. 그런 후 삐걱거리는 소리를 내며 길게 노를 저어 사라졌다. 호숫가를 따라 물속에 노란 자작나무 잎들이 떠다니고 있었다. 사내는 이따금 노를 멈추고 쉬면서 오두막 뒤편의 오르막을 물끄러미 바라다보았다.

땅거미가 지고 있었다. 사내는 곶을 따라 마지막 노를 저으며 조용한 어둠 속으로 미끄러져 들어갔다. 배 밑바닥에 돌이 긁히는 소리를 듣고서야 비로소 그는 컴컴한 물속에서 아직도 자신이 노를 젓고 있는 것을 깨달았다. 그는 배에서 내려 배낭을 메고 한참 동안 호숫가 저편을 건너다보았다. 한참 동안 그 자리에 서서 시시각각 변하는 어둠을 응시하고 있을 때 그는 검은 무언가와 눈이 마주쳤다.

다음 날 밝은 대낮에 강아지가 조심스럽게 오두막 계단으로 다가갔을 때, 열린 문 사이로 강렬한 여우의 오줌 냄새가 풍겼다. 갈비뼈의 고통으로 뻣뻣하고 어색한 모습으로 그는 계단을 올라갔다. 먹을 것은 없었다. 그를 조롱이라도 하듯 여우 냄새만 가득했다. 사발은 구석구석 틈새마다 깨끗하게 핥아진 상태였다. 여우는 사발 안으로 뾰족한 주둥이를 콕콕 찔러댔던 것이다. 심지어 수놈처럼 재킷에다 오줌을 싸놓기도 했다.

강아지의 피는 뜨거워졌다. 상처는 뜨끔뜨끔 아파왔다. 그 역시 젖은 재킷에 오줌을 지린 다음 다시 계단을 내려와 오두막집 앞에서 넓은 포물선을 그리며 분명하게 영역을 표시했다. 그는 오랫동안 아무것도 먹지 않았다. 마실 것조차 없었다. 그래서인지 그의 오줌은 노랗고 톡 쏘았다. 그는 몹시 목이 말라 호수로 내려가려고 했지만, 신랄한 분노로 인해 계속 그곳에 머물러 있기를 택했다. 강아지는 계단 발치에 누워 아침 햇살에 몸을 흠뻑 적셨다. 하지만 그의 눈은 암 여우가 주로 나타나는 작은 자작나무숲에서 절대로 떠나지 않았다.

햇빛이 오두막 층계를 넘어갈 무렵에도, 강아지는 여전히 그곳에 누워 있었다. 한낮이 되어서야 그는 호수로 내려가 배불리 물을 마신 다음, 다시 되돌아와 계단에 몸을 뉘었다. 차분히 숨을 쉬자 덜 고통스러웠다. 호수에서 불어오는 바람을 맞으며 누워 있었던 탓에 그의 외피가 뽀송뽀송하게 말랐다. 나풀거리며 지나치는 곤충들은 아직 죽음을 맞이하지 못했거나 겨울을 보낼 채비를 하지 못했다. 건드리면 부서질 날개들이 반짝이며 스쳐 지나갔다.

그날 밤 강아지는 자신의 침침한 시력에 의지해야만 했다. 바람은 암 여우가 사는 소굴 방향으로 불어 강아지에게 영 불리했다. 암 여우에게는 자라나는 새끼들이 몇 마리 있었다. 그들은 자주 나타났다. 그는 변화하는 움직임과 형체들을 주시했다.

강아지는 경계를 늦추지 않았다. 그의 내면에는 일말의 두려움조차 떨쳐낸 분노가 자리 잡고 있었다. 그 분노는 태세를 갖춘 채 그곳에 놓여 있었다. 그는 일어서지 않고도 적을 위협할 수 있었다. 둔탁한 으르렁거림도 준비되어 있었다. 잔디와 노랗게 물든 새싹 사이로 흐릿한 그림자가 움직이고 있었다.

●

오후 늦게 강아지는 노 젓는 소리를 들었다. 그래서 그는 고통 속에서도 계단을 내려와, 야외취사장 옆에서 사내가 내리는 것을 지켜보았다. 사내는 그를 보자 가만히 멈춰 서서 부드럽고 상냥하게 휘파람을 불었다.

강아지는 사내가 거기에 머무는 내내 비탈길을 서성거렸다. 다시 혼자 있게 되었을 때 그는 오두막집으로 돌아가 그릇에 담긴 내용물을 게걸스럽게 먹어치웠다. 때때로 강아지는 나가서 몸을 풀어야 했다. 배에 가득한 음식으로 인해 속이 불편했기 때문이다. 처음 며칠 동안은 메스꺼움이 온몸을 관통했지만 지금은 훨씬 나아졌다. 강아지는 오두막 주변의 산딸기밭 너머로 더 멀리 가지는 않았다. 볼일을 본 다음에는, 오두막 계단에 눕곤 했다.

해마다 이맘때쯤이면 늘 풀이 젖어 있어, 걸을 때마다 발이 연거푸 빠졌다. 목초지의 습기를 말릴 만큼 햇빛이 충분하지 않았다. 물푸레 나뭇잎들은 뻣뻣한 날개를 떨구었다. 생명이 없는 비행이었다. 풀밭에 내려앉은 나뭇잎들은 이내 얼룩덜룩해졌고, 갈색 반점으로 번져 갔다.

갈색 이불 밑에서는 모든 것이 썩어가는 냄새가 강렬했다. 마가목 꼭대기에 내려앉은 늦여름에, 잎이 마른 베리 덤불이 바삭바삭 부서지고 있었다. 이제 나뭇잎들은 나무 꼭대기에서 땅으로 떨어져 조용히 부패하고 있었다. 몇몇 열매들이 잎이 없는 나뭇가지에 드물게 매달려 있었다.

호숫가 작은 만을 따라서 엷은 청황색의 줄기들이 곧게 서 있었다. 나뭇잎이 모두 떨어진 지금, 강아지는 새들의 움직임까지 한눈에 볼 수 있었다. 사내가 힘차게 노를 저을 때 숲속에 있던 뇌조 한 마리가 겁에 질려 날아올랐다. 강아지는 계단 위에서 망을 보고 있다가 날아가는 새를 눈으로 따라잡았다. 그의 시야를 가로막는 나뭇잎은 하나도 없었다. 수컷 뇌조 한 마리가 솟아올라, 육중한 몸으로 어두운 가문비나무 숲을 향해 일직선으로 날아갔다.

●

짙은 구름 덮개 밑으로 돌풍이 획획 불어 산을 가렸다. 구름 떼가 호수와 산 위의 작은 못 위를 총총걸음으로 지나고 있었다. 저녁 황혼녘은 짧기 그지없었다. 이내 밤이 가문비나무에 내려앉아 검은 커튼을 드리웠다. 돌풍은 무디어진 칼처럼 둔탁하게 풀밭 꼭대기에서 노닐고 있었다. 별꽃은 말라붙어 마치 해골처럼 부서질 모양이었다. 소들이 즐겨 먹는 파슬리 식물들은 갈비뼈에 검은 씨앗들을 대롱대롱 매달고 있었다. 하지만 뾰족뒤쥐들은 강한 바람 때문에 더 이상 기어오를 수 없었다.

강아지에게 있어서 하루하루는 마치 물속에 가라앉는 나뭇잎들처럼 천천히 사라져 갔다. 모두 잊은 듯했지만 내면 깊숙이 기억하는 일들이 많았다. 강아지는 더 이상 사냥을 하지 않았다. 그는 다만 기다리고 지켜볼 뿐이었다.

사내가 먹을 것을 가져왔다. 그가 매일 하루도 빠지지 않고 온 것은 아니었다. 바람이 불지 않는 날에는 노젓는 배를 습지 어귀에 상륙시키곤 했다. 바람은 목초지 덤불에서부터 사내의 냄새를 예기치 않은 순간 실어 나르곤 했다. 그럴 때면 강아지는 자리에서 일어나 뗏

뻣하게 멀찌감치 떨어져 있곤 했다. 사내가 떠나자마자 강아지는 곧바로 내려가 밥을 먹고 다시금 경계를 늦추지 않았다. 이제는 암 여우의 그림자조차 보이지 않았지만 강아지는 결코 그 여우를 잊지 않았다.

강아지와 사내 사이에는 목소리와 음식이 함께했다. 그것은 좋은 매개체였다. 따뜻한 햇볕에 털을 고르는 기분 좋은 느낌으로 다가와 그의 신경세포를 건드리며 기억조차 할 수 없는 아련한 무언가를 일깨워 주고 있었다.

곰팡내 나는 재킷에는 여우의 체취가 남아 있었다. 사내는 강풍이 불어 한층 맑아진 코로 그 냄새를 맡을 수 있었다. 그것은 기분 나쁜 일이었다. 그것이 그를 초조하게 만들었기 때문이다. 강아지와 그 사내 사이에는 공통점이 있었다. 그것은 그들이 여우를 멀리해야 한다는 점이었다.

사내의 부츠가 웃자란 목초지를 터벅터벅 밟고 걸어가는 소리가 들릴 때까지 강아지는 자리를 뜰 수 없었다. 통증이 어느 정도 가라앉아 더 이상 걸음걸이를 늦추지 않음에도 불구하고 요즘은 헛간보다 더 멀리 가는 일은 거의 없었다.

어느 날 밤, 세찬 눈보라가 불어왔다. 가문비나무 꼭대기의 우르릉거리는 소리가 어찌나 심했던지 어두운 밤이 마치 아무도 볼 수 없는 구멍에서 굉음을 만들어내는 것 같았다. 물결은 바위에 부딪혀 이내 부서지기를 반복하면서 느슨하게 묶인 굵은 통나무들을 연신 뭍으로 끌어올리곤 했다.

강아지는 주둥이와 앞발을 웅크린 채 어두운 장작더미 옆에 누워 열린 문을 통해 나뭇가지가 쩍쩍 갈라지는 소리를 듣고 있었다. 사내가 만들어 놓았던 철사 고리가 밤새도록 바람에 삐걱거리며 느슨해지려고 애쓰는 것 같았다.

구름 조각들이 흩날리는 가운데 환한 빛과 차가운 바람이 한낮의 하늘 아래 정박해 있었다. 해는 호수의 높은 물결에 반짝였다. 강아지는 밖으로 나가 오줌을 누었다. 그리고 심한 바람을 등지고 호숫가에서 물을 마셨다. 호숫가 풀밭은 떠밀려온 갈색 부표들로 뒤덮여 있었다. 풀밭은 그를 축축한 물속으로 끌고 내려가려는 듯 그의 발을 움켜잡고 있었다. 돌풍이 강아지의 털을 세로 방향으로 거칠게 빗겨주었다. 그것은 단순히 차갑고 불쾌한 기분만을 가져다준 것이 아니라 그의 평정마저 앗아갔다. 물에 비친 그의 모습은 반쯤 겁에 질리고 반쯤 성난 상태였다. 연약한 그 자태가 물 위에서 일렁이고 있었다. 가슴팍에 엉겨 붙은 하얀 털만 온전한 모습을 되찾았다.

이틀에 걸쳐 바람이 계속 불었다. 강아지는 오두막을 떠나지 않고 굶주림으로 몸을 웅크리고 있었다. 어느 추운 날 아침, 폭풍이 호숫가 바위로 떠밀려오고 있을 때 그 사내가 돌아왔다. 강아지는 사내가 오두막과 호수 사이의 경사면에 나타날 때까지 그를 미처 보지 못했다.

강아지의 매끄러운 이마에 주름이 곧게 새겨졌다. 강아지는 일정한 거리를 유지한 채로 몸을 비틀어 원을 그리며 움직였다. 서툰 걸음이긴 했지만, 동그랗게 말린 꼬리를 늘어뜨리며 사내에게 다가갔다.

바로 그때였다. 사내가 에나멜 그릇에 빵과 고기 조각들을 담아 오두막 안쪽으로 들어섰다. 강아지는 근처에 앉아 문간을 뚫어지게 들여다보았다. 비닐봉지가 구겨지는 소리와 부드럽고 율동적인 목소리가 들렸다. 사내가 다시 호숫가로 내려가기가 무섭게 강아지는 곧장 올라가서 그 음식들을 먹어치웠다. 태어나 처음으로 강아지는 누군가 지켜보는 와중에 식사를 했다.

게걸스럽게 먹어치우는 동안에 에나멜 그릇이 마룻바닥에 떨어져 덜컹거렸다. 강아지는 그것을 깨끗이 핥아먹었다. 그리고는 어슬렁어슬렁 걸어나가 목초지 비탈에 자리를 잡고 사내를 물끄러미 지켜보았다.

●

밝고 맑은 날들이 지나갔다. 바람이 강하여 호수 위로
휘몰아쳤으나 표면에서만 말썽을 일으킬 뿐, 사내가 노
저어오는 소리를 강아지가 듣지 못하게 할 정도는 아니
었다. 어느 날 저녁, 강아지는 삐걱거리는 소리를 듣고
짖기 시작했다. 강아지는 아직 짖는 일에 그리 익숙하지
않았다. 목소리가 갈라지고 요란하게 짖는 소리는 울부
짖는 소리로 바뀌었다.

이제 강아지는 노가 삐걱거리는 소리를 들었을 때, 그
리고 때로는 짖고 싶은 충동에 사로잡혔을 때 짖곤 했
다. 호수 가장자리에 앉아서는 자신이 짖는 소리가 좁은
수로에 있는 절벽에 부딪혀 울려 퍼지는 것을 호기심으
로 듣곤 했다.

사내가 배를 착륙시킬 때면 강아지는 호숫가에 있는 나무들 사이에 서 있곤 했다. 그는 동그랗게 말린 꼬리를 흔들며 간절한 마음으로 서성거렸고, 몸을 뒤척이기도 하면서 긴장을 풀었다. 그의 목구멍에서는 그가 실제로 알지 못하는 소리가 새어 나왔다. 요란하게 짖거나 꽥하고 악쓰는 소리가 나기도 했다. 강아지는 에나멜 그릇이 배 바닥에 부딪히는 소리를 들을 때면 오리나무 수풀 아래를 저벅저벅 왔다 갔다 하곤 했다. 그리고는 더 가까이 다가갔다.

사내는 호숫가 바위 위에 그릇을 내려놓고 혼자 오두막으로 향했다. 그는 비탈길을 반쯤 올라가다가 멈춰 서서 강아지가 먹는 것을 지켜보곤 했다. 그릇은 돌 위로 튀어 오르기도 하고 때로는 물 위에 둥둥 떠 있기도 했다. 사내는 내내 부드러운 목소리로 중얼거리며, 그릇을 물속에서 건져 내곤 했다. 그럴 때면, 강아지는 여지없이 비탈에 앉아 그 모습을 물끄러미 바라보고 있었다. 그들은 아무런 문제 없이 먹이 장소를 바꾸기도 했고,

가끔 서로 길이 엇갈리거나 매우 가까워질 때도 있었다.

어느 날 저녁 사내가 평평한 돌에 배를 바짝 갖다 댔을 때 강아지는 잠시 망설이다가 돌 위에 서서 밥을 먹어치웠다. 다음 날 저녁, 그릇은 배 밑바닥에 떨어져 있었다.

강아지가 밥을 다 먹고 나면, 그 둘은 함께 산책했다. 부츠 신은 사내가 촘촘한 갈색 풀을 저벅저벅 밟고 지나가면, 강아지는 그 사내를 앞서거니 뒤서거니 하면서 커다란 원을 그리며 달렸다. 그러다 멈추어 서서 사내를 기다렸다. 그곳에서 강아지의 얼굴은 흩날리는 자작나무 잎사귀에 가려 매우 검게 보였다.

숲에 어둠이 슬금슬금 내리면 사내는 떠나곤 했다. 강아지는 호숫가의 가장 먼 가장자리까지 걸어 나갔다. 그리고는 호수 반대편 뭍에 배 바닥이 긁히는 소리와 쾅 하고 부딪히는 소리를 내내 듣고 있었다. 사내가 노를 잡아당길 때면 덜컹거리는 소리가 났고, 배를 뭍으로 끌어 올릴 때는 미끄러지는 소리가 나기도 했다. 쇠사슬이

쩽그렁 거리는 소리도 났다. 이 모든 소리에 강아지는 익숙해졌다. 그는 다음에 무슨 소리가 날지 알았다. 딱딱하고 건조한 데다 풀이 무성한 흙 위에서 쿵쿵거리며 흙을 털어내는 발소리, 그리고는 침묵이었다.

그러면 강아지는 한동안 그곳에 앉아 있었다. 좁은 수로를 흐르는 왁자지껄한 물소리와 급류의 굉음 사이로 발소리가 사라져 갔다. 강아지는 목초지로 다시 돌아가 오두막으로 가는 계단을 올라갔다. 그리고 갈고리 틈새로 들어가 문간 초입에 누워 기다리곤 했다.

●

어느 날 사내는 아침에 도착했다. 배가 지나간 자리엔 물결이 일어 빛과 그림자의 패턴을 만들고 있었다. 강아지는 숲 가장자리에 앉아 귀를 기울였다. 그는 무언가 불확실하다는 생각에 귀를 긁적거려야만 했다. 강아지는 그것이 하루 중 잘못된 시간임을 감지하고 아주 오랫동안 쿵쿵 뛰었다. 그의 위는 그것이 잘못되었다고 그에게 신호를 보냈다. 빛은 엉뚱한 방향에서 떨어지고 있었다. 그는 덜컹거리는 에나멜 그릇소리도 들을 수 없었다. 사내는 곧바로 오두막을 향해 걸어갔다. 강아지는 눈을 가늘게 뜨고 주위를 둘러보았다. 잎이 없는 나뭇가지에 매달린 로완 베리들이 강렬한 볕에 빛나고 있었다.

강아지는 귀를 긁다 멈추었다. 그는 오랫동안 기다려왔으며 이제 그 기다림이 거의 끝나가고 있음을 감지하기라도 한 듯 쾌활하게, 그리고 열정적으로 흥분한 채 경둥경둥 뛰었다.

사내가 강아지를 향해 성큼성큼 걸어가더니 천천히 털을 쓰다듬었다. 그 역시 행복하긴 마찬가지였다. 그는 강아지에게 멋진 격려를 보낸 셈이다. 그것은 차분한 아침 공기 속에서 벌어진 일이었다. 사내는 아무 말도 하지 않았다.

습지가 시작된 목초지 위로는 메도우스위트가 허리보다 높이 자라 있었다. 그는 눅눅한 땅에서 강렬한 냄새에 휩싸인 채 쫓아갔다. 그들이 습지에 도착했을 때, 사내는 멈추어 서서 발굽 자국을 찾기 시작했다. 그는 여름 동안에 이 장소에다 암염을 갖다 놓곤 하였다. 강아지도 그곳에 가서 코를 훌쩍이며 땅을 팠던 적이 있었다. 이제 강아지는 멀찌감치 서서 사내가 다시 발을 떼는 순간을 기다렸다. 그는 사내를 쫓아갔다.

강아지는 진정으로 사냥할 의향도 없이 냄새와 돌풍을 장난스럽게 따라가며 습지를 종횡으로 움직였다. 사내가 침착하게 숲을 가로질러 성큼성큼 걸어갔다. 강아지는 오솔길로 들어가 바짝 그의 뒤를 따라잡았다. 그의 귀는 경각심을 잃지 않았고 꼬리는 단단히 감겨 있었다.

그들은 두 번째 습지를 건너 꾸불꾸불하고 이끼가 긴 자작나무들이 무성한 작은 비탈로 향했다. 꼭대기에서 사내는 오랜 시간 동안 가만히 서서 습지와 임야를 내려보고 있었다. 호수 건너편에서 물이 너무 밝게 빛나고 있어 시선을 고정하기가 어려웠다. 그는 노르웨이의 푸른 산맥을 바라보았다. 강아지는 눈을 가늘게 뜨고 그의 뒤로 조금 떨어져 앉아 돌풍이 운반해 오는 냄새들을 잡아챘다.

이끼는 밝게 빛나고 있었고, 태양은 노랗게 물든 풀밭에 걸려 있었다. 나무 그루터기 주위에는 링곤베리 군락이 무르익어 있었고, 그 가운데로 반짝이는 나뭇잎 하나하나가 돋아나 있었다. 사내는 링곤베리를 한 움큼 떼어내서 손가락 사이를 거쳐 이끼 속으로 떨어트렸다. 그의 시선이 이곳 저곳을 헤매기 시작했다. 때때로 그의 시선은 근처 땅 위에 머무르다가 저 멀리 듬성듬성한 숲을 향하기도 했다. 그는 또 들쭉날쭉하고 푸른 능선과 산봉우리, 호수의 밝은 빛을 바라보았다. 그러고 나서는 가까운 그루터기와 링곤베리에 시선이 머물렀다.

강아지는 귀를 쫑긋 세우고 앉아 나무 위 새들의 움직

임에 시선을 보내고 있었다. 나뭇가지가 꺾이는 소리, 그리고 요란한 발굽 소리에 그의 귀가 쫑긋거렸고 윤기 나는 검은 코가 꿈틀거리기도 했다.

그 둘은 새 한 마리가 파닥이며 일어나는 소리를 들었다. 아마도 커다란 뇌조일 가능성이 컸다. 사내는 강아지를 물끄러미 바라보며 서너 마디를 건네기도 했다. 순간, 강아지는 꼬리를 씰룩이며 더욱 주의를 기울이고 앉았다.

따뜻한 볕이 그의 곱슬곱슬한 가슴 털을 덮혀 주었다. 매우 기분 좋은 느낌이었다. 오늘 아침엔 아무런 고통도 없었다. 강아지는 나른한 졸음이 쏟아져 앞발을 길게 뻗고 누웠다. 그는 고개를 들고 귀를 쫑긋 세운 채 코를 훌쩍거렸으나 눈은 아주 오래 오래 감겨 있었다. 사내도 누웠다. 그는 몸을 돌려 부드러운 목소리로 중얼거리더니 곤히 잠든 강아지를 바라봤다.

일순간 사내의 얼굴이 사라졌다. 목소리, 시선, 그리고 반짝거리던 이빨도 모두 없었다. 강아지는 꼬리를 곧추

세우고 사내를 찾았다. 그리고는 뛰어올라 주둥이로 사내의 목과 귀를 쿡쿡 찔렀다. 몸을 한 바퀴 굴려 얼굴을 핥았다. 사내가 팔꿈치를 딛고 일어나자 강아지는 배를 하늘로 향한 채 벌렁 누웠다. 벌레에 물린 그의 배가 햇빛에 반짝였다.

이제 사내는 그들이 처음 무스 사냥 중에 만났을 때와 같은 방법으로 강아지에게 말을 걸었다. 그는 귀 뒤에 있는 강아지의 목에 한 손을 얹고 짧은 털을 세게 긁어 주었다. 잠시 후 둘은 자리에서 일어났다. 강아지는 한 달음에 뛰어올랐다. 몸의 털을 흔들고 나자 다시 침착해 졌다. 그들은 다시 걸어 내려갔다. 강아지는 매우 행복 했다. 늪지에서 빙글빙글 원을 그리며 뛰어다니는 그의 모습에서 그것을 분명히 알 수 있었다. 그는 더할 나위 없이 기뻐서 마구마구 달렸다. 사내가 웃기 시작하자 강아지는 훨씬 더 빨리 달렸다. 그는 고약한 냄새를 풍기는 수렁을 지나 아주 빠른 속도로 도약하고 있었다.

이야기는 언제 끝이 나는 것일까?

끝날 리는 없다. 그 뒤엔 항상 다른 게 뒤따라오기 마련이다. 태양과 강한 바람, 그리고 나른한 휴식의 나날이 저물면, 곧 사냥하는 날들이 시작된다. 물푸레나무의 가지를 타고 양철 지붕 위를 두드리는 폭우가 한바탕 지나고 나면 길고도 졸린 나날들이 이어지고, 곧이어 따스한 봄이 찾아와 코와 귀를 간지럽힌다.

이 이야기는 그의 강한 심장이 계속 뛰는 한 끝나지 않을 것이다. 그의 이름은 스펀키, 사내가 처음으로 그에게 손을 대도록 허락받고 나서 노를 저어 되돌아올 때 떠올렸던 이름이다. 사람들은 그가 어떻게 해서 강아지를 목줄로 묶었는지 물었다. 그는 밧줄이나 끈을 사용하지 않았다. 그 강아지는 스스로 자진해서 다가왔던 것이다.

사내는 종종 그가 어떻게 호숫가에 음식을 내놓기 시

작했는지에 관해 이야기를 했다. 어느 날 강아지가 배 안에 서 있는 것에 익숙해졌을 때 그는 조심스럽게 음식을 밀어 넣었다. 강아지는 귀를 뒤로 젖힌 채 웅크리고 앉아 뛰어내리려고도 하지 않았다.

그는 또한 그들이 어떻게 집으로 돌아왔는지에 대해서도 자주 이야기했다. 강아지는 숲 가장자리에서 걸어 나오다가 가끔은 완전히 모습을 감추기도 했다. 이따금 그는 거의 모습을 감춘 채로 주인을 따라가기도 했다. 사내가 말했다.

고약한 고양이 같구면.

강아지는 난로 옆에 앉는 것을 좋아했다. 오래된 상처는 때때로 아파서, 강아지는 시간이 지날수록 햇빛을 더 좋아하게 되었다. 그는 헝겊 깔개 위에 누워 햇빛을 빨아 마시는 일과 자작나무 장작을 태우는 하얀 에나멜의 후스크바르나 난로의 열기도 좋아하게 되었다.

강아지는 아내를 좋아했는데, 그녀는 그에게 밥그릇을 내려놓는 사람이었다. 아무도 보지 않을 때 그 강아지는 나무로 만든 부엌의 긴 의자 위로 뛰어올라 아내의 스웨터 위에 눕곤 했다.

어미 개는 강아지를 혼내는 일이 없었다. 그럴 필요가 없었다. 강아지는 벌써 어미 개의 행동을 따라 하고 있었기 때문이다.

어느 겨울날 이주하는 무스 떼가 산등성이 반대편 개간지를 건너고 있었다. 강아지는 어미 개를 따라갔다. 그들은 습지대에 있는 무스 세 마리를 궁지로 몰아넣었다. 눈이 배 위까지 차올라 그들은 무스가 도망가는 것을 막을 수 있을 만큼 충분히 빨리 움직일 수 없었다. 무스 떼는 흩어졌고 개들은 길고 하얀 다리를 가진 어린 새끼 무스 한 마리와 남게 되었다.

어미 개가 배부르게 고기를 먹는 동안 강아지는 주인

을 기다리고 있었다. 사내가 그들을 부르러 스키를 타고 왔을 때, 그 강아지는 다섯 시간 동안이나 짖고 있었다. 그때 사내는 그가 매우 특별한 개라는 것을 깨달았다.

그는 처음에는 스키 트랙에서 그리고 다음에는 자전거 뒤에서 그를 훈련시키기 시작했다. 9월에는 처음으로 그를 사냥에 데리고 갔다. 강아지는 먹잇감을 그리 멀리 쫓아가지 않았지만, 사내는 그것이 장점이라고 말했다. 그리고는 나직이 속삭였다.

그날, 어디론가 가버린 개를 기다리며 서성이다 너를 구했단다.

첫 사냥에서 총으로 쏘아 잡았던 다섯 마리의 무스 외에도 그들은 황소 네 마리와 송아지 한 마리를 사냥했다. 사내는 강아지가 명성을 날렸다고 말했다.

이제 그는 다른 사람들을 만나러 나갈 때 강아지를 자

신 있게 차에 태울 수 있었고, 목걸이와 가죽 끈을 달 수도 있었다. 라디오 소리는 강아지를 더 이상 놀라게 하지 않았다. 그는 한 사내의 강아지로 남아있었다. 그 사내와 부엌 싱크대 옆에 음식 그릇을 내려놓곤 하는 아내 외에는 아무도 그를 만질 수 없었다. 두 사람 모두는 그에게 부드럽게 말을 건네야 한다는 것도 알고 있었다. 고조되어 성난 목소리는 그를 어디론가 숨어버리게 할 것이고 오랫동안 다시 나타나지 않게 할 것이기 때문이다.

강아지는 종종 현관이나 농가가 자리하고 있는 가파른 언덕 꼭대기에 꼿꼿이 앉아 멀리서 들려오는 소리에 귀를 기울였다. 그는 물끄러미 앉아 나뭇잎과 풀밭의 움직임들을 감시하고 있었다.

실내에서도 강아지는 경계를 늦추지 않았다. 종종 그들은 딱히 무엇인지 상상할 수는 없었지만 그가 무엇가를 유심히 듣고 있는 것처럼 보인다는 생각이 들었다. 그들은 머리를 쓰다듬으며 말을 걸었지만, 강아지는 그들의 손에서 자신이 방해받지 않을 다른 곳으로 다시 가앉았다. 기다림 속에서 그는 혼자였다.

이야기는 여기서 끝이 난다. 강아지가 무엇 때문에 귀를 기울이고 있었는지, 그리고 어느 누구도 그를 볼 수 없었던 곳에서 그가 무슨 일을 겪어 왔는지는 아무도 모른다.

그가 기다려 왔던 것이 무엇인지에 대해 적절한 말이 있는지조차 아무도 모른다.

길 잃은 강아지

1판 1쇄 발행 2021년 9월 22일

지은이 케르스틴 에크만
옮긴이 함연진
발행인 함초롬
발행처 도서출판 열아홉
디자인 데시그 디자인
종이 월드페이퍼
인쇄 상지사
주소 서울시 영등포구 여의도동 13-21 맨하탄21 501호
이메일 nineteenbooks19@gmail.com

ISBN 979-11-966124-9-8 (03850)